DREAMBOOKS★

전설자

전생자 19

초판 1쇄 인쇄 2020년 2월 14일
초판 1쇄 발행 2020년 2월 28일

지은이 나민채
발행인 오영배
편집 편집부
일러스트 eunae
본문 디자인 오정인
제작 조하늬

펴낸곳 (주)삼양출판사 · 드림북스
주소 서울시 강북구 도봉로 173
대표 전화 02-980-2112 **팩스** 02-983-0660
편집부 전화 02-987-9393 **팩스** 02-980-2115
블로그 blog.naver.com/dreambookss
출판등록 1999년 3월 11일 제9-00046호

ⓒ 나민채, 2020

ISBN 979-11-283-9709-7 (04810) / 979-11-283-9410-2 (세트)

드림북스는 (주)삼양출판사의 판타지 · 무협 문학 브랜드입니다.

ORIGINAL FANTASY STORY & ADVENTURE

나민채 판타지 장편소설

19

전생자

dream
books
드림북스

목차

Chapter 1.

스스로를 '구원자의 도시민'이라고 부르는 자들의 앞에서 명심해야 할 것은 분명하다.

절대 그분을 언급하지 않는 것이다. 그래서 김지훈과 그가 이끌고 온 그룹이 거리로 나타난 순간부터 거리는 더욱 조용해졌다.

선망의 눈빛이 있는가 하면 아직도 그들의 광신적(狂信的)인 행태를 잊을 수 없는 탓에 상황만 주시하고 있는 자들도 상당했다.

첼린저 구간의 헤라, 데보라 벨루치의 그룹원들까지 김지훈의 등장과 함께, 하던 대화를 중단한 상태였다.

다른 챌린저 구간의 각성자인 아폴론이나 하데스의 그룹도 크게 다르지 않았다.

'병신 쓰레기 쪼다 기회주의자 새끼들이 죄다 몰려들었네.'

김지훈은 가늘게 뜬 눈초리로 시선의 주인들을 훑어보며 걸었다.

그가 목적지까지 향하는 동안, 그에게 레볼루치온의 경례법을 보이며 대열에 합류하는 자들이 불어나기 시작했다.

"그분과 고룡의 힘이 잔존해 있습니다. 진입하는 데에 주의해야 할 부분이 많습니다."

김지훈이 도착하기만을 기다리고 있던 구원자의 도시민들이었다.

"알았다."

"북부에서 적군의 대규모 움직임이 포착되었습니다. 머지않아 당도할 것 같습니다."

"염마왕이 말한 대로군."

소집 장소에서도 김지훈을 기다리고 있는 자들이 수백이었다.

김지훈은 자신의 밑으로 모인 동지(同志)들을 바라보면서 병신, 반역자, 쓰레기, 기회주의자 각성자들의 시선 때문에 더러워졌던 기분을 날려 보낼 수 있었다.

시작의 장이 끝난 이후로 처음이었다. 그러니까 약 반년 만이다.

정말로 반가운 얼굴들이 시선에 가득 차는 순간.

김지훈은 시작의 장 말엽에 치렀던 전투들이 또다시 생각나고 말았다. 그때 전사한 동지들의 수가 지금 모인 수만큼 됐었다.

당시에는 경황이 없어서 그들을 추모하지도 못했었다. 마침 모두가 다시 모인 지금이 적기였다.

"말엽에 시스템과 거기에 휩쓸려 버린 병신 새끼들이 우리를 위협했었지만, 그럼에도 불구하고 우리 모두는 다시 모일 수 있었다. 두 가지 이유에서다!

첫째는 그분의 재림이 있었기 때문이었고, 둘째는 옛 동지들의 희생 때문으로……."

*　　　*　　　*

연설을 끝낸 다음이었다.

착!

구원자의 도시민들은 전원 무장 상태로 돌입했다.

여차하면 다른 각성자들을 상대로, 더 나아가 시작의 장

말엽에 그랬던 것처럼 모든 각성자들을 적으로 돌려도 개의치 않겠다는 듯한 투지가 넘실거렸다.

하지만 모든 각성자들을 상대로 전투를 치를 일은 없어 보였다.

시스템이 사라졌기 때문만은 아니었다. 각성자들에게 그분의 공포가 심어져 있기 때문만도 아니었다.

혹여나 시스템이 부활해서 또다시 각성자들을 부추긴다 할지라도.

각성자들, 저 병신 새끼들이 군단 같은 대규모로 운집하는 건 불가능할 거라는 판단이 섰다. 쪼개져도 너무 쪼개져 있기 때문이었다.

심지어 첼린저 구간의 각성자 몇도 용병 찌끄러기들을 빼고 나면 대동하고 있는 수가 기백을 넘지 못했다. 그러니 다른 것들이야 오죽하겠는가. 거리에는 온갖 기업의 로고들로 넘쳐났다.

워낙에 많은 그룹들로 쪼개고 또 쪼개지다 보니, 그것들의 이해관계가 일치하기까지는 사실상 불가능한 일인 것이다.

'어쩌면 이 또한 그분께서 의도한 일일까…… 버러지 같은 각성자 새끼들이 뭉치지 못하게끔, 다양한 이름들로 찢어 버렸어?'

'자본 세력들을 각성자 세계에 끌어들인 게 이런 이유셨나? 그만둬라, 김지훈. 네 미천한 머리로 그분의 뜻을 어찌 좇을 수 있겠냐.'

'아무튼 칼리버의 조력이 필요해.'

김지훈은 거리로 돌아왔다.

다시 확인해 봐도 각성자들은 확실히 시작의 장과는 달랐다. 자신의 행동거지 하나하나에 신경 쓰면서 행여나 눈이 마주치면 시선을 피해 버리기 일쑤였다.

그렇지 않은 것들은 독사의 미소로 어떻게든 아는 체를 하려는 게 다고.

그때 김지훈은 독사들 중 하나가 다가오는 걸 느꼈다. 헤라, 데보라 벨루치. 그녀는 표독한 인상이 강하면서도 미녀이기 때문에 전형적인 독사의 상이었다.

돌이켜보면 이 여자가 말엽에 숙청되지 않은 건 의외였다.

물론 이 여자가 그분이 재림할 거라는 데에 본인의 명운을 걸었기 때문이기도 하지만.

"거기서 봐. 도시민들의 리더."

김지훈은 시작의 장에서 헤라와 말을 섞어 본 적이 없었다.

자신이 먼저 접근했었던 적은 있었지만, 그때 헤라의 반응은 구원자의 도시민들을 그저 광신도 취급이나 하는 다른 병신 새끼들과 다르지 않았었다.

김지훈은 당시를 떠올리며 속으로 이를 갈았다. 그러나 겉으로만큼은 평온함을 유지했다.

"우리들에게 리더는 없다. 있다면 위대하신 그분뿐이시지. 우리의 경외심을 받는 분도 오직 그렇게 한 분뿐이시다. 알겠나? 우리들에게 대우받길 원한다면 지금부터라도 그 생각 집어치우는 게 좋을 거야. 우리는 물불 안 가리거든. 그게 너라도, 헤라."

헤라가 깔깔 웃었다. 하지만 김지훈은 그녀가 두렵지 않았다.

"세상 편한 방식이네. 건방 떠는 것도 제법 귀엽고."

"억울해 하진 마라. 너뿐만 아니라 아폴론과 하데스도 같은 취급이거든. 그러고 보니 우리 초면이군. 난, 김지훈이다."

"네 이름이라면 알고 있지. 그런데 코드명은 따로 쓰지 않나 봐?"

"우리들은 여기서든 본토에서든 실명이 언급되는 걸 꺼려 하지 않는다. 너도 우리를 부를 땐 실제 이름으로 부르면 돼."

"기억해 두마."

김지훈은 헤라의 시선을 읽었다. 그녀의 눈길은 자신의 어깨 너머 멀리, 동지들이 운집해 있는 곳을 크게 의식하고 있었다.

　헤라가 물었다.

　"지금 막 도착한 거지?"

　"각성자들이 진입하는 걸 꺼려 하고 있다지?"

　"긴말은 필요 없겠네. 보다시피 시작의 장과는 상황이 많이 달라졌지. 목소리를 하나로 모으는 게 힘이 들어. 그분께서 계시지도 않고, 가뜩이나 여기까지 와서도 다들 돈 얘기만 하지.

　그래서 우리는 그쪽을 비롯해 구원자의 도시민들을 기다리고 있었어.

　우리 리더들 사이에 소통의 창구가 필요하다는 데에는 동의할 거야. 그리고 우리 리더들 사이에서도 누군가는 더 큰 목소리를 가지고 전두 지휘해야만 일이 속행되겠지. 이계 종들이 몰려오고 있다는 건 들었을 거야.

　그쪽만 승낙하면 돼. 설득은 끝내 됐어.

　다른 각성 자들에게도 우리보다는 그쪽의 입김이 더 잘 통할 테니까. 그걸 수긍 하겠다는 거야. 보상은 나중에 논하자고. 지금은 그분의 장비를 회수하는 게 시급하잖아, 안 그래? 북방에서 몰려오는 것들도 보통 문제가 아닌 것 같고.

그리고 말야. 너희들만 그분을 섬긴다고 자부하지 마렴. 나 역시, 그분을 위해선 목숨을 바칠 수 있단다, 애야."

"그래서?"

"뭐가 그래서야. 우리 리더들이 네 지시를 따를 준비가 되어 있다는 거지."

김지훈은 비웃음이 치밀어 오르는 걸 느꼈다. 당장에라도 입가의 근육에서 힘을 풀면 입꼬리가 비릿하게 뒤틀릴 것 같았다. 그렇게 히히 하는 웃음소리가 튀어나올 것 같았다.

'기회주의자 쓰레기 년이…… 누가 속을 줄 알고? 칼리버에게도 똑같은 제안을 했을 텐데…… 역시 칼리버도 거절한 것이겠지.'

그때였다.

김지훈은 불현듯 느껴지는 게 있어 뒤를 돌아보았다. 그 자리에 칼리버 권성일이 있었다. 김지훈은 고개를 살짝 숙였다.

"형님."

적어도 칼리버는 그분의 최측근으로 대우를 받을 만하니까.

어쨌거나 대우 정도는.

　　　　*　　　　*　　　　*

　칼리버 권성일의 둔해 보이는 체구에 머리도 그럴 거라 속단하는 자가 있다면, 그자는 하수 중에 하수일 것이다.

　칼리버를 먼발치로밖에 보지 못한 브실골일 것이며 그룹의 내부 사정들을 전혀 알지 못한 채 시키는 대로만 해왔던 자들일 것이다.

　그러나 자신 같이 칼리버의 곁에서 함께해 왔던 이들은 칼리버가 마냥 강하기만 한 것이 아니라는 사실을 잘 알고 있었다.

　칼리버는 곰 같은 육체를 자랑하지만, 머릿속에는 여우가 들어 앉아 있는 것이다.

　"그랬으? 고년이 모처럼 입에 침을 발랐나 보네."

　전후 사정을 다 듣고도 여전히 모르는 체하는 것만 봐도 그랬다.

　"근디 좋은 기회 아녀. 명성도 드높이고 헛짓꺼리들 못하게 감시도 할 수도 있는 거고."

　"그럼 칼리버 형님께서는 왜 거절하셨습니까?"

　"나야 많은 사람들을 이끌 재목이 안 되니까 그러지. 그거는 힘만 세다고 되는 거 아녀. 태한 동상이나 동상처럼 머리 빡세게 굴릴 줄 알아야 한당께."

언젠가부터 칼리버는 항상 이런 식이었다. 본인의 능력을 미련스럽게 포장하고, 정작 뒤에서는 날카로운 눈초리로 주시하기 일쑤였다.

"형님은 제가 정말로 수락하길 바라십니까? 그럼 수락하겠습니다."

"무슨 말을 딱 잘라 버린다야. 말이 그렇다는 거지. 동상도 생각이 다 있으니께 거절한 거 아녀. 그래서 동상 생각은 뭐여?"

"어차피 지애 누님이 도착해서 통제를 가할 겁니다. 협회의 이름으로."

"동상이 누님 누님 하니께 우리 마리 누님 생각 나는구만. 동상만 알고 있으. 마리 누님이 초월체하고 싸우다 좀 다치셨으. 당분간 뵙기 힘들 거여."

"……그렇군요. 알려 주셔서 감사합니다, 형님."

"감사는 무슨. 계산에 넣어 두라고 하는 소리여. 그래서 동상 생각은 머여? 뭔 생각으로 떼거리로 뭉쳐 다니냐고. 가뜩이나 살기 등등하게 눈 부릅뜨고 다니니까, 다들 쫄아 버리잖어."

"쫄으라고 그러는 겁니다."

"흐흐. 나까지 쫄리니까 그렇지."

"불과 반년 전에, 시작의 장 말엽에 저것들이 뭔 짓을 저질렀는지 아시지요?"

"왜 모르겠어. 이제 속시원하게 말혀 봐. 진짜 뭔 생각을 하고 있는 거여?"

"형님."

"그려."

"형님은 제가 싫지요?"

"동상을 내가? 뭐 땀시."

"형님."

"뭔 말을 하려고 그렇게 뜸을 들여. 재미없기만 혀 봐. 흐흐."

"형님. 전 형님이라도, 이태한 협회장이라도 그분께 배신 때리면 칩니다. 장담하는데 재롱 수준으로 끝나지 않을 겁니다."

"귀에 딱지 생기겠네. 뭐 좋은 말이라고 그 말을 달고 사냐. 흐허허허!"

칼리버가 큼지막한 손바닥으로 김지훈의 등을 때리며 크게 웃었다. 그러나 정작 눈은 웃고 있지 않았다.

"개그는 거기까지만 하자고잉. 누가 들으믄 오해하기 딱 좋아."

"오해는 아니죠. 시작의 장에서 형님과 이태한 협회장이 우리를 얼마나 개 같이 막 다뤘습니까?"

"야. 느그들만 개같이 구른 게 아니여."

"압니다. 형님께선 항상 선두에 계셨죠. 그렇다고 우리들이 다른 그룹들보다 많은 위험을 감수해 왔다는 게 없던 일이 되는 것도 아닙니다."

"다 잘되자고 그랬던 거 아녀. 그리고 또 그렇게 됐잖어."

"아니죠. 형님과 이태한 협회장은 우리가 다루기 가장 쉬우니까 그렇게 한 겁니다. 우리가 형님을 대우해 주니까요."

"니들이 강하고 또 독종이니까 그런 거지. 무슨 악감정이 있는 것처럼 말하냐잉. 섭섭해질라 하네. 우리 사이가 이정도밖에 안 되는 거여?"

"기억하실런지 모르겠습니다. 우리가 형님의 지시로 몇 놈의 대가리를 딴 것 같습니까? 반동분자들만 해당하는 게 아닙니다. 저 지금까지 살아 있는 것도, 제가 생각해도 용한 일입니다."

"계속 옛날 얘기 할 텨?"

"옛날이 아닙니다, 형님."

"하긴…… 그럼 이건 생각하고나 말하는 거여? 이 형님이 니 목숨 몇 번이나 구해 줬으?"

"저는 목숨보다 소중한 것을 형님과 이태한 협회장에게 선사했습니다. 우리 덕분에 권력을 얼마나 누리셨습니까. 아주 꿀맛이셨죠?"

"꿀맛은 개뿔. 니들은 처먹은 게 없는 것처럼 말하는디. 아무렇게나 씨부린다고 다 말이 되는 게 아니여. 반동분자 새끼들 목만 놓고 얘기해도, 내가 느그들 보다 더 많이 쳤……."

칼리버가 말꼬리를 흐리더니 문득 너털웃음을 흘리기 시작했다.

"정도껏 혀라. 밑밥 오질라게 까는구만. 뚝배기 안 간지럽냐잉? 참 교육이 그립지? 그립지, 아주?"

"형님."

"존말로 할 때 그만허고. 본론 가자잉."

"헤라가 S급 풀템으로 무장했다는 건 아십니까?"

"고 년이 돈 겁나게 번 건 맞지."

"아폴론과 하데스도 S급 아이템을 긁어모았습니다."

"그런디?"

김지훈은 칼리버의 눈을 똑바로 직시하며 대답했다.

"이참에 기회주의자 쓰레기 새끼들을 정리하고 싶습니다."

*　　　*　　　*

"고것들 뚝배기 깨 불자고?"

"구태여 우리 손을 더럽힐 필요가 있겠습니까. 그리고 그분께서도 명분 없는 각성자 간의 살인은 끔찍하게 여기시고 계실 겁니다."

"음."

"형님께서도 아시고 계실지 모르겠습니다. 헤라를 필두로 첼린저 놈들이 돈 되는 전장만 골라 다니고 있습니다."

"어째 나 들으라고 하는 소리 같다잉?"

"찔리십니까? 찔려요?"

"하늘을 우러러, 아니 그분을 우러러 한 점 부끄럼이 없는 나여."

"여기로 진입하기 전에 염마왕이 각성자 네트워크로 접속하였습니다."

"갑자기 염마왕은 왜 튀어나와, 쏘리. 계속 혀 봐."

"염마왕은 강력한 이계종들이 출몰할 거라고 예측하였습니다. 만전의 준비를 기하라 했죠. 지금도 몰려들고 있는 이계종들 속에는 초월체 같은 것이 숨어 있을지도 모릅니다. 그분께서 안 계신 지금이 그것들에게는 전세를 뒤엎을 적기일 수도 있고, 애초에 그것들도 그분의 장비를 노리고 있는 것이지도 모르지요. 뭐가 됐든 그것들이 오고 있습니다."

그때야말로 성일은 진심으로 웃었다.

"우리 지훈 동상, 많이 컸네. 나한테 이래라 저래라 다 하고. 꼬추도 좀 컸으?"

"꼬추가 뭡니까……."

"그러니께 대갈빡 굴리긴 왜 굴려. 나보고 헤라 잡년 새끼들을 다 데리고 북방으로 가라는 아녀? 기회 봐서, 고것들을 사지로 밀어 버리라고?"

"형님께서 선별하셔야죠. 그분께 진심으로 열성을 다하는 자라면 전투에도 전력을 다할 것입니다. 첼린저 구간 몇 놈들을 주시하시다가, 선별이 끝나면 형님께서는 위급한 순간에 어쩔 수 없이 후퇴하시는 겁니다. 물론 형님께서 선별한 자들만 데리고 후퇴하게 되겠죠."

"그럼 헤라 고년은 이미 탈락인디. 내가 고년을 잘 알지."

"그러니 리더 직위를 수락해 주십시오, 형님. 지애 누님도 도착하면 형님께 힘을 실어 주기 시작할 겁니다. 허울뿐인 리더가 아니라 진짜 리더가 되시는 겁니다. 여기는 제가 책임지겠습니다."

"자신 있으? 첼린저 놈들 데리고 가도 남아 있는 것들이 수두룩혀. 더 모여들 테고. 이게 어디 보통 일이어야 말이지."

"자신 없으면 말 꺼내지도 않았습니다. 목숨 걸고 그분의 장비를 회수해 놓겠습니다."

"내가 들어갔다 나와 봤는디, 위험 지대가 솔찬히 많으. 아주 찌릿찌릿혀."

"견물생심(見物生心)입니다, 형님. 정녕 쓰레기 병신 새끼들 앞에 그분의 장비를 노출시키고 싶으십니까? 그것들이 온전히 보상만 바랄 거라고 장담하실 수 있으십니까?

전 아닙니다. 아니요. 애초에 그럴 가능성조차 만들어서는 안 되는 겁니다. 형님과 저와 지애 누님이 힘을 합치면 일말의 가능성조차 증발시킬 수 있습니다.

그렇게 할 수 있는데 하지 않는 것은 태만인 것입니다. 솔직히 이태한 협회장에게 실망스럽습니다. 우리들에게 먼저 언질을 줬다면……."

"야야! 아가리가 그만 씨부리고 똑바로 들어."

"예, 형님."

"귓구녕 쫙 열고!"

"예. 열었습니다."

"오냐, 이번은 특이 경우니께 어쩔 수 없는디. 담에는 얄짤 없으. 그냥 솔직히 말혀. 니가 위험 감수하기 싫다고. 알긋냐고."

"……히히. 들켰습니까?"

"속아 주는 건 이번이 마지막이여. 누군가는 북방으로 가야 하는 거니께, 이 몸이 가는 거여. 니보다는 이 몸이 나으니께. 다시 한번 내 앞에서 대갈빡 굴려 대면 증말로 재미 없을 줄 알으. 죽이지는 않어. 내가 니를 왜 죽이겄으. 그냥…… 내가 왜 칼리버인지 몰러?"

"끔찍한 소리를 하고 계십니다. 그리고."

"또 뭐가 남았으?"

"실리를 챙기는 것도 잊지 마십시오. 방호벽이 되어 주시는 것도 맞고, 기회주의자 새끼들을 적들의 아가리로 밀어 넣는 것도 맞는데 실리가 최우선으로……."

"니는 그 아가리가 문제여. 이때다 싶으면 겁나게 떠들지. 내 알아서 혀. 그라고 니나 내나 뭘 하지 않아도, 기회주의자 새끼들만큼 지 목숨 애끼는 것도 없으.

사지로 밀어넣기만 하믄 지 살려고 열나게 바둥거릴 거란 말이지. 헤라 고년이 S급 풀템이잖어. 혼자 뒤지진 않을 거여.

초월체는 상대 못 혀도 일반 잔몹들은 속절없이 갈려 나가겄지.

고게 다 오딘께서 치르시는 전쟁에 도움이 되는 게 아니겄으? 여차해서 증말로 적들을 섬멸할 낌새가 보이믄 나도 나설 거여. 뭐니 뭐니 해도 제일 중요한 건 그거니께."

"히힛— 제 말이 그겁니다."

"웃지 마, 정드니께. 나 간다. 니 아그들 단속 똑디 허고."

김지훈은 바로 내뱉었다.

"구원자의 도시민들은 제 수하가 아닙니다. 우리들은……!"

성일이 돌아서며 대꾸했다.

"알으. 알으. 니 동지들이지. 따지고 보믄 나도 구원자의 도시민이여. 나도 같은 무대를 치른, 느그들 동지란 말이여. 나도 느그들과 같으. 그런디 내가 느그들을 왜 싫어 하겄어. 시작의 장에선 나하고 태한 동상이 느그들에게 몹쓸 짓 많이 한 걸…… 부정하는 게 아녀. 싫어해서가 아니라 그때는 어쩔 수 없었던 거였으."

그런 다음이었다.

"그땐…… 참말로 미안혔다. 미안혔어. 동상. 그리고 동상의 동지들에게도."

전혀 예상치 못한 때에 사과라니. 그것도 칼리버같은 강자가.

김지훈은 성일이 떠난 자리에서 오랫동안 눈을 떼지 못했다. 이래서 칼리버의 머릿속에는 독사가 아니라 여우가 자리하고 있다는 거였다. 사람을 미워하지 못하게 만든다. 쳇.

어쩐지 김지훈은 만면으로 희미하게 뚫고 나오는 미소를 막을 수 없었다.

"칼리버 형님…… 항상 몸 조심하십시오."

＊　　　＊　　　＊

대체 어떤 전투를 치르면…… 대체 어떤 공능이 격돌하면 이렇게 될 수 있는 것일까?

각성자들이 전초 기지를 벗어나 현장으로 투입되면 제일 먼저 드는 의문이 바로 그것이었다.

세상이 다 뒤엎어진 광경은 어떻게든 수긍할 수 있었다. 그러나 현장에 남겨진 불가사의한 힘들은 정말로 위험했다.

육안이나 감각만으로 포착할 수 있다면 피해 가면 그만이지만, 또 실제로 그렇게 하고 있지만. 그것들로도 포착되지 않는 것들이 뜬금없이 튀어나오는 경우도 적지 않았다.

위험 지대에서 맞닥뜨릴 수 있는 위험은 크게 두 가지로 정리할 수 있었다.

하나는 무형의 기운들이 마치 함정처럼 발동하는 경우였다.

그리고 다른 하나, 용골병(龍骨兵)이라고 명명한 몬스터들이 생성되는 경우였다. 그것들이 고룡의 뼛조각들에서 태어난다는 것을 알게 된 이후부터는 그런 이름이 붙여졌다.

두 가지 모두 무시할 수 없는 강력한 위험이었다. 때문에 속도를 낼 수 없는 방해 요소로 작용되고 있었다.

가뜩이나 첼린저들이 죄다 투입된 북쪽 방어선에서도 안 좋은 소식만 들려오고 있었다.

김지훈은 용골병들에게 끊임없이 포위되어 필사적인 싸움을 벌이다가 동지의 도움으로 겨우 빠져나왔다.

'이 새끼들…… 대체 뭐야.'

용골병 자체의 능력만 놓고 보면 저급 몬스터에 지나지 않았다. 가공할 스킬을 보유하고 있는 것도 아니었고 정신 쪽으로 특화된 것도 없었다.

이계의 검사들과 마법사들이 사용하는 마나를 부리는 것도 아니었다. 그런데 골격이 단단했다. 그것까지는 크게 문제 될 게 아니었다.

진짜 문제는 용골병 하나하나의 전투술이 기가 막힌다는 것이었다. 오로지 전투만을 위해 탄생한 것들로, 자체 능력 이상의 효율성을 폭발시키는 것들이 바로 용골병이었다.

브실골들은 여럿이 달라붙어도 하나를 대적할까 말까 할 정도.

일단의 전투가 끝난 이후였다. 각성자들의 핏물로 만들어진 구덩이 속마다 용골병들이 죽으면서 남긴 허연 뼛가루들이 떠다녔다.

'차라리 아이템이라도 드롭 하든가…… 시간 없는데 미치겠네.'

김지훈은 기진맥진한 채로 자리에 주저앉았다. 방어막을 상실해 버린 아이템들을 체크하기 시작했는데, 문득 시야 멀리 푸르스름한 빛 무리가 빠르게 움직이는 게 보였다.

김지훈의 시선은 자연스럽게 그쪽으로 옮겨졌다.

'진…… 올리비아…… 또 단독 행동이냐? 어지간히도 말귀를 못 알아 처먹네. 이년아, 염마왕만 믿고 그따위로 굴면 재미없어.'

김지훈의 눈초리가 가늘어지고 있던 그때. 그의 등 뒤로 김지애가 접근했다. 그녀도 김지훈과 같은 곳을 쳐다보면서 말했다.

"건드릴 생각 마. 의심도 지워. 저들이 깊게 들어가면 들어갈수록 우리에게는 손해될 게 없다."

드론으로 촬영된 영상을 보면 고룡의 뼈가 유독 많이 흩어져 있는 지역이 있었다. 진 올리비아와 그녀의 무리는 언젠가부터 지휘부의 지시를 무시하고 그쪽 방향으로 가는 길을 뚫는 데 주력하고 있었다.

"확인해 보셨습니까?"

"그래. 조나단 투자 그융 그룹은 단독 임무를 수행하고 있는 게 맞다."

"무슨 임무인지는 듣지 못하셨죠?"

"이태한 협회장보다 더 높은 곳에서 떨어진 지시다."

"염마왕을 말씀하시는 것 같은데. 그가 어떻게 협회보다 윗선입니까. 아무리 그라도, 또 어떤 임무라도. 그분의 장비보다 우선이 될 순 없는 겁니다, 누님."

"클럽."

김지애가 짧게 대꾸하자 김지훈의 얼굴이 순간 경직됐다. 김지애의 입에서 그 조직이 언급된 건 실로 오랜만이었기 때문이다.

"지훈아. 다시 말하지만, 진은 건드리지 마라. 염마왕이 그분의 지위를 대행하고 있는 것 같으니까."

김지훈은 자못 심각해졌다.

"누님…… 초대받으셨습니까?"

"너도 눈치가 있으니 알겠지. 우리는 초대받지 못할 거다, 영영. 하지만 실망하지 마라."

"안 합니다. 거기는 애초에 노는 물이 다른 곳 아닙니까. 송충이는 솔잎을 먹고 살아야죠. 암. 그렇고 말고요, 저는 지금으로도 만족합니다. 그럼 같이 회의실로 돌아가지요, 누님. 제가 에스코트하겠습니다."

회의실에는 김지훈에게 익숙한 얼굴이 많았다.

최종장까지 같이 올라왔었던 자들. 일본계 테츠야와 사야카, 미국계 메이슨과 도로시 등등.

　사실상 몇몇을 빼고 나면 레볼루치온(12) 출신들이 주를 이뤘다. 김지훈은 마치 시작의 장으로 시간이 돌려진 듯한 느낌을 받았다.

　옛 동지들인 구원자의 도시민들을 다시 만나게 된 것도 맞지만, 시작의 장에서 레볼루치온(12)의 지휘부를 구성하고 있던 자들이 다시 모이게 된 것도 맞았다.

　당시와 달라진 것이라면 전면의 대형 스크린과 비워진 상석이다. 시작의 장에서 그 상석은 이태한 협회장의 자리였다. 그의 뒤에는 칼리버가 목석같이 서 있기 마련이었다.

　김지애와 김지훈이 동시에 들어온 그때. 김지애가 먼저 움직였다.

　하지만 그녀는 상석으로 향하지 않았다. 그녀에게서 가까운 자리에 앉고는 새로운 얼굴들에게 아는 체를 하는 게 끝이었다.

　김지훈은 지금에도 그를 위해 비워진 상석을 보면서 감개가 무량했다.

　비록 호랑이가 없는 곳에선 여우가 왕 노릇 한다지만 이렇게나 쟁쟁한 여우들 중에서 자신이 리더로 대우받게 되는 건, 시작의 장에선 꿈도 꿀 수 없던 일!

김지훈은 모르지 않았다. 이는 최종장에서 광렙을 한 세력들 중 명목을 유지하고 있는 세력이 구원자의 도시민들로 유일하기 때문이었다.

심지어 염마왕의 직속 공격대들도 귀환 이후 다 흩어졌다.

각성자 태반은 이제 자본의 논리로 움직인다. 구원자의 도시민들처럼 일념(一念)으로 뭉친 세력은 어디에서도 찾아볼 수 없는 것이다.

보라.

일이 터지자마자 기업에 묶인 계약들을 해지하고 다 모여들지 않았던가!

김지훈은 실실 웃으며 자리에 앉았다.

"미리 말해 두는데 사태의 심각성도 모르는 그런 쓰레기들에게 하는 말이니까, 어제 들었거나 본인이 쓰레기가 아니면 신경들 끄셔.

알다시피 이 자리는 임시직이고 나 역시 큰 의미를 두고 있지 않다. 그분의 장비를 회수하는 것 외엔 생각하지 않고 있다는 걸 확실히 해 두지. 우리 구원자의 도시민들은 그분의 장비를 회수하는 대로 해산할 것이다. 이상이다."

이후 김지훈이 전방에 대고 고개를 끄덕여 보이자 조명이 꺼졌다.

"테츠야. 브리핑 시작해. 어제처럼 시간 끌지 말고 요점만 찍도록."

대형 스크린 한편으로 항공 사진들이 뜨기 시작했다. 그리고 중앙에는 맵핑이 끝난 현장 지도가 펼쳐졌으며, 금일자로 구분된 지역들에 색깔들이 덧입혀졌다.

붉은색은 위험 지역이고 파란색은 위험이 제거되거나 스스로 사라졌다고 확인된 지역.

그리고 검은색은 각성자들이 진입해 있는 지역을 가리켰다.

마지막으로 최상단부에 움직이고 있는 곡선은 첼린저들이 구축한 방어선이다. 그것만큼은 드론에서 수집된 정찰 정보들에 의해서 실시간으로 변동 중이었다.

그제보다는 어제. 어제보다는 오늘. 방어선이 밀리고 있었다.

"브리핑 시작하겠습니다. 300여 개 그룹에서 4910명의 각성자가 진입했으며, 50여 개 그룹의 623명이 이탈한 것으로 확인되었습니다.

2개의 포인트가 레드 포인트에서 블루 포인트로 변환되었습니다.

방어선에서 온 특이 사항으로는 불의 정령왕 셀레온으로 의심되는 초월체가 출몰하였다고 합니다. 방어선에서 직접 가지고 온 메시지로, 확보된 영상이나 이미지는 없습니다.

그리고 그분의 흉갑으로 추정되는 아이템이 블랙 포인트 7에서 발견되었습니다. 블랙 포인트 7에는 구원자의 도시민이자 한국계 각성자인 박우경 외 김신태, 신영석, 오수민 등이······."

"Mi chin! SSI—BALA!"

김지훈이 목소리를 터트리며 자리를 박차고 일어섰다.

"그걸 왜 지금 말해! 지도 가지고 따라와. 어섯!"

                        *   *   *

블랙 포인트 7은 유독 심한 곳이었다.

시작의 장과 이계에서도 숱한 전장을 누벼 봤지만 이런 지형은 또 처음이었다.

'신격(神格)과 그에 상응하는 악(惡)이 맞부딪쳤다고밖에······.'

그건 김지훈을 포함해 모두가 똑같은 감상이었다.

산이 있어야 할 곳에는 산이 없고 정작 그렇지 않은 곳에는 용암이 굳어 형상된 산들이 솟아나 있으며.

또 지각이 파여 버린 곳들은 어찌나 그 골이 깊은지, 한번 발을 잘못 디디면 어지간한 근력과 민첩 수치로는 빠져나올 수 없는 낭떠러지가 펼쳐져 있었다.

균열이 일어나 지각과 지각이 벌어진 정도 역시 두말할 것 없었다.

김지훈과 그가 이끌고 온 무리가 갑자기 멈춰 선 때는 반대편에서 또 다른 무리를 발견했던 때였다.

그리고 그들의 신분을 확인할 수 있을 만큼 가까워졌을 때, 김지훈의 얼굴에도 그들과 같은 희열이 스미어 올랐다.

또한 그들이 구릉 밑으로 잠깐 사라졌다가 다시 나타났을 때에는 거리가 더욱 좁혀져 그들이 이송하고 있는 물품을 똑똑히 볼 수 있었다.

그것은 틀림없는 그분의 흉갑이었다. 흩어진 성배(聖杯) 중 하나!

"오오……."

마침내 김지훈은 그것을 코앞으로 보면서 말을 잇지 못했다.

그저 감동뿐이었다. 비록 그분이 장비하고 있을 때와 같이 황금빛이 어른거리고 있진 않지만 확신할 수 있었다.

김지훈은 떨리는 목소리로 물었다.

"고생 많았다. 너희들이 직접 발견한 거냐?"

"옛!"

"됐어! 됐어! 아직 하나뿐이지만 그분께서도 우리 도시민들의 정성을 알아주실 것이다."

시작의 장 이전에는 본토의 전 세계를, 그리고 시작의 장 이후에는 본토의 바깥 우주까지 아우르시는 분의 장비다.

김지훈은 감격에 더불어 조금이나마 마음을 놓을 수 있었다.

첼린저들을 모조리 북쪽으로 쫓아내고도 성과를 내지 못했다면 스스로가 죄스러워서 견디지 못했을 거라 생각했다.

"다른 동지들은 추가로 수색하고 있겠지?"

"물론입니다."

"안치한 다음에 우리도 다시 합류해야겠다. 더 많은 동지들을 대동하고……."

김지훈이 동지를 따라 웃으며 그분의 흉갑을 조심스럽게 받아 들던, 바로 그때였다.

동지의 눈동자로 붉은 뭔가가 반사되어 비쳤다. 흉갑에도 반사된 그 화염구는 부풀어 버리는 크기만큼이나 빠른 속도로 쇄도해 오고 있었다.

김지훈은 뒤를 돌아볼 새도 없이 흉갑을 껴안은 그대로 몸을 던졌다.

"흩어져엇—!"

그의 등 뒤로 폭음이 터지고 열기가 엄습했다. 폭발 직후의 풍압(風壓)은 김지훈을 밀어내는 것 외에도 그의 장비를 파괴했다.

그렇지 않아도 지난 전투들로 방어력이 충전되지 않았던 갑옷이었다.

그의 눈앞에서 갑옷의 깨진 조각들이 비산해 대는데, 그럴수록 김지훈이 그분의 흉갑을 끌어안는 동작에는 힘이 깃들었다.

퍽! 퍽!

그는 절벽이나 다름없는 비탈의 끝까지 처박히고 난 후에야 몸을 일으킬 수 있었다. 직전에 가해졌던 화상이 등살을 어떻게 벗겨 냈는지는 구태여 확인해 보지 않아도 알 수 있는 일이었다. 조금 움직이는 것만으로도 등 전체가 비명을 질러 대니까.

절벽 위에선 폭음이 그치지 않고 있었다.

탓탓!

양 갈래의 벽을 밟아 뛰어오르다가 절벽 바깥의 허공으로까지 몸을 솟구친 순간.

그는 동지들을 공격하고 있는 화염의 소환물을 발견했다.

날개를 몸뚱이에 접어 붙이고는, 마치 사료를 쪼아 먹듯이 불타는 부리로 동지들을 찍어 대고 있었다. 계속 터지고 있는 폭음들은 거기에서 나오는 것이었다.

김지훈은 시선을 더 뒤로 가져갔다. 그쪽으로 우두커니 서 있는 한 남자가 있었다.

남자는 그린 우드 종들의 전형적인 복장을 입고 있었으며, 그의 주위에는 인도관을 연상케 하는 불의 정령들이 날아다니고 있었다.

김지훈은 화상을 입은 부위 전체로 찌릿한 직감을 받았다.

언제고 반기지 않는 상황. 피할 수 있다면 피해야 하는 상황. 오랜 경험상, 이런 상황에서 목숨을 위협받곤 했었다.

"방어선에서 온 특이사항으로는 불의 정령왕 셀레온으로 의심되는 초월체가 출몰하였다고 합니다."

브리핑에서 들었던 보고가 그의 귓가에서 어른거렸다. 어떻게 방어선을 뚫고 여기까지 나타났는지는 몰라도, 직감은 바로 그놈을 가리키고 있었다.

그때.

"뭣 하고 있는 거여! 얼릉 입지 않고오오오—! 후딱 입어 부러어어—"

익숙한 목소리의 한국어가 멀리서 요동쳐 나왔다.

"불땡이 소환하기 전에에에엣!"

＊　　　＊　　　＊

김지훈은 망설일 수 없었다. 동지들이 화염 특성의 소환물, 그러니까 여기에서는 불의 정령이라고 불리는 것에게 공격을 받고 있는 데다.

그것을 소환해 낸 남자 역시 더 큰 뭔가를 소환하려는지 전투에 참여하지 않은 채 고도의 집중을 기하는 중이었다.

또한 들고 있는 것보다는 차라리 장비하는 편이 지키기에 더 수월할 거라는 판단에 의해서였다.

'죄송합니다. 오딘이시여.'

김지훈이 그분의 흉갑을 착용하자 흉갑 전면에 황금빛이 감돌았다.

시스템이 사라진 이후로 아이템 정보 창은 볼 수 없게 되었다. 때문에 그분의 장비에 어떤 효과가 깃들어 있는지는 당장 완벽히 파악할 순 없다.

'변환 아이템인가?'

보통 아이템 감별은 감각 수치와 개안 레벨이 높은 각성자에게 실험체인 더미(Dummy)를 지원하면서 시작되는 것인데, 그런 게 가능한 상황이 아니고서는 당장의 육감에 의존해야 하는 것이다.

여유가 조금만 주어졌다면 지금 상황에 맞는 최적의 변환식을 찾을 수 있겠지만…….

그때 화상으로 일그러졌던 김지훈의 등이 빠르게 아물어가고 있었다. 혈류의 속도가 직전과는 비교할 수 없을 정도로 빨라지면서 느낄 수 있는 활력에도 차이가 분명해졌다.

체력 수치 하나만큼은 첼린저 구간에 진입한 게 틀림없었다.

첼린저들이 살아가는 세상의 한 부분에 지나지 않을 텐데, 그것만으로도 신세계였다. 김지훈의 전신이 전율로 파르르 떨렸다.

그것도 잠시, 그는 빠르게 사태를 직시하며 결단을 내렸다.

이 성배(聖杯)에 어떤 권능들이 품어져 있는지는 당장으로선 알 수 없는 바, 일단 들이켜 봐야만 성배의 진짜 힘 중 무엇이라도 끌어낼 수 있는 것이다!

흉갑을 사용한 직후였다.

사사삿—!

하얀 헝겊들이 눈앞을 스치며 나타났다. 김지훈은 반사적으로 뒤로 거리를 벌렸다. 그가 처음에 서 있던 자리에는 그 헝겊으로 가슴과 하반신을 둘러맨 여성체들이 소환되어 있었다.

총 여섯 개체였다.

공통적으로 단발을 하고 방패를 쥐고 있으나, 남은 한 손에 쥐어진 공격 병기만큼은 도끼와 검 그리고 창 등으로 각기 달랐다.

"저 정령사를 죽여라! 당장!"

김지훈은 그녀들의 등에 대고 뱉었다. 긴장과 흥분으로 들끓어진 목소리였다.

여섯 개체로 나타난 그녀들이 일제히 전방으로 쏟아져 나간 순간.

그녀들은 김지훈이 쫓을 수 없는 속도로 움직였다. 비단 민첩뿐이랴.

그녀들이 쏟아져 나간 직후에 튕겨 나온 압력 역시 첼린저 구간의 각성자들이 지닌 전유물이었다. 필시 감각과 체력도 그에 준할 일.

그녀들 한 명 한 명은 첼린저 구간의 능력을 품고 있는 것이었다.

그런 것이 하나도 아닌 무려 여섯이다. 여섯.

'첼린저의 가공할 능력을 지닌 소환물을 여섯이나 부릴 수 있다니……!'

불사조 형체의 정령이 그의 동지들을 공격하던 걸 멈추고 제 정령사를 보호하기 위해 방향을 틀었을 때. 김지훈도 남겨진 그의 동지들을 향해 몸을 던졌다.

그러고는 가장 심각한 부상을 입은 동지를 부축하며 여섯 여전사들을 향해 시선을 가져갔다.

불사조는 문자 그대로 도륙되고 있었다. 그것은 창에 꿰뚫리고 도끼에 찍혀서 그야말로 무력했다. 정령사를 보호하고 있던 작은 정령들도 한 줌의 불씨로 쪼개지고 있었다.

이내 거기는 온갖 화염의 폭발들로 육안으로는 확인할 수 없는 곳이 되고 말았다.

김지훈과 그의 동지들은 폭발을 피해 자리를 옮겼다.

그런데 습격을 가해 온 정령사는 이쪽을 신경 쓸 여유가 없는 게 확실하게도, 어떤 정령들도 전장에서 빠져나오는 것 없이 불길 속에서 사그라져 갔다.

잠시 후.

하늘로 치솟는 새로운 불사조가 나타났지만, 지상에서 던져진 반투명의 투창 하나가 불사조의 대가리를 꿰뚫으면서 즉각 추락했다.

자세히 보니 그 등에는 정령사가 달라붙어 있었다.

이후 정령사는 아래로 추락한 그대로 불구덩이 속으로 사라졌는데, 거기로 그분의 여전사들이 득달같이 달려드는 게 김지훈이 확인할 수 있는 마지막 광경이었다.

"쓰벌. 쓰벌. 쓰벌……."

김지훈은 소리가 들린 쪽으로 고개를 돌렸다. 칼리버였다.

칼리버의 상태는 최악이었다.

그 몸으로 어떻게 여기까지 왔는지, 또 그 몸으로 어떻게 그리 큰 경고를 터트릴 수 있었는지 믿기지 않을 정도였다.

얼굴 반쪽이 흉측하게 녹아 버린 데다 전신 곳곳도 성한 곳 없이 처절했다.

그제야 김지훈은 칼리버가 생각보다 늦게 도착한 까닭을 깨달았다. 칼리버는 챌린저 구간의 체력으로도 쉽게 재생되지 않는 부상을 달고 있었다.

"늦어 부렸어……."

칼리버가 말했다. 화상 때문에 흉상이 되고 만 얼굴이 더욱 일그러졌다.

지금까지처럼 어떤 폭발이나 폭음이 일어난 것은 아니었다. 그럼에도 불구하고 그분의 여섯 여전사가 불구덩이에서 다 튕겨 나오는 것이었다.

그때 칼리버가 또 뭐라고 말했지만, 김지훈은 그 목소리가 잘 들리지 않았다. 그의 온 신경은 구덩이 자체에서 기지개를 켜며 일어나는 존재에게 집중되어 있었다. 이계의 정령사들이 극의(極意)를 다하여 영접하고 싶어 하는 존재. 말로만 듣던 그 초월체!

그것이 마침내 일렁거리며 제 위엄을 세상에 드러냈을 때, 김지훈은 침을 삼켜 넘겼다.

'불의 정령왕, 셀레온…….'

이계의 문헌에서 삽화로만 볼 수 있었던 바로 그것이었다.

*　　　*　　　*

착착착―!

허공으로 튕겨졌던 발키리들이 어느새 방패진을 형성하며 나타났다.

김지훈과 권성일을 비롯해 일본계 테츠야와 구원자의 도시민 4인까지. 그렇게 총 7인을 보호할 수 있도록 형성된 방패진이었다.

김지훈은 발키리의 뒤에 딱 달라붙어 있을 수밖에 없었다.

그래서 볼 수 있는 거라곤, 방패 벽을 때렸다가 회수되는 정령왕의 거대한 팔이었다. 그것은 너무도 강렬하게 타오르고 있었기 때문에 정령왕의 몸체를 시야에서 가리고 있었다.

김지훈은 정신이 혼미했다. 세상을 뜨겁게 달군 열기는 공기마저 증발시켜 버린 게 아닌지, 숨이 제대로 쉬어지지 않았다. 6월 2일경 포클리엔 공국 성에 나타나 수백 명의 각성자들을 불살랐다던 그 공격임이 틀림없었다.

그때 고개를 돌린 김지훈의 시야로 칼리버의 옆얼굴이 잡혔다.

그쪽은 화상으로 일그러진 부분이었다. 그러나 눈동자는 아슬아슬하게 남아 있어서 방패 벽 위를 노려보고 있었다.

김지훈은 칼리버의 그런 눈빛은 처음 보았다. 두려움으로 떨리는 동공이었다.

"지훈이 니, 우리 기철이 알지?"

"예?"

"잘 보살펴라잉. 귀신이 돼서도 지켜볼 거여."

"형님?"

"그분의 여전사들은 내게 붙어. 시간은 잠시 벌 수 있을 거여. 이후부터는 니들 목숨을 챙기기 나름이께 반드시 살아서 우리 기철이 챙겨라잉."

"데쓰 플레그 꽂지 마십시오."

"장난 같냐잉?"

"저도 장난 아닙니다, 형님."

김지훈은 죽고 싶지 않아서였다. 그가 판단하기에도 그분의 여전사들과 칼리버가 시간을 벌어 주는 건 아주 잠깐일 것 같았다.

그렇다면 그 이후에 정령왕의 추격을 받게 된 건 다른 누구도 아닌 자신일 수밖에 없었다. 그렇다고 그분의 장비를 땅에 버릴까?

"다 뭉치지 않으면 어차피 따로따로 사냥당할 일입니다."

"장담하는디 니들 다 뒈져. 존 말할 때 싸게들 도망칠 준비나 혀. 특히 니 말이여, 김지훈이⋯⋯."

쾅!

정령왕의 손아귀가 다시 방패 벽을 때리던 순간, 방패를 들고 있는 여전사들을 포함해 그 뒤에서 보호를 받고 있던 이들까지 한꺼번에 사방으로 튕겼다.

김지훈은 자신의 예상이 틀림없었다는 걸 확인할 수 있었다. 불길로만 가득한 손아귀는 다른 누구도 아닌 그를 쫓아오고 있었다.

칼리버와 김지훈의 동지들도 도망치기보다는 이 자리에서 장렬히 산화할지언정, 맞서 싸우기로 결정한 것 같았다.

그들도 여전사들처럼 김지훈을 향해 몸을 던지는 중이었다.

"그분의 장비를 옮기십시오. 죽더라도 기지에 도착해서 죽으십시오!"

구원자의 도시민 중 하나가 외친 목소리가 김지훈의 뇌리를 퍼뜩 깨웠다.

그렇기 때문에 상황이 너무나 잘 보였다. 방패 벽이 무너졌을 때 끝난 거였다. 칼리버가 부상이 끔찍한 몸으로 나타났을 때 끝난 거였다.

초월체를 상대로 지금까지 목숨을 부지할 수 있던 것은 전부 그분의 여전사들 덕분이었으나, 그분의 여전사들이라고 해도 결정된 미래를 바꿔 놓을 순 없는 것이었다. 그분이 재림하지 않는 이상에는…….

'좀 더 멋지게 죽을 순 없는 건가. 간지 안 나게 이게 뭐냐.'

찰나에 김지훈은 마음의 준비를 마쳤다. 그리고 직후였다.

정령왕의 손아귀가 다른 무엇보다 빠르게 날아들어 김지훈의 전신을 감쌌다.

"으아아아악!"

김지훈의 비명이 불길 속으로 이지러졌다. 정령왕이 흉갑을 뜯어내려 하고 있었다. 달려드는 여전사와 칼리버 등을 다 쳐 내면서.

*　　　*　　　*

얼마나 정신을 잃었는지 알 수 없었다. 그런데 그 시간은 그리 오래된 것 같지 않았다.

왜냐하면 김지훈이 정신을 차렸을 때 그의 시선에 여전히 그의 전사들과 동지들이 날아들고 있는 게 보였기 때문이었다.

그런데 고통이 없는 것은 뭘까. 무엇이 자신의 정신을 깨운 것일까. 그리고 또 모든 현상이 빠릿하게 읽히는 건 뭘까.

'이게 말로만 듣던 회광반조(回光返照)인 건가?'

바로 그때였다.

쏴악—!

김지훈은 어딘가로 빨려 들어가는 느낌을 받았다. 두 눈을 부릅뜨고 보니, 믿기지 않지만 자신을 빨아 대고 있는 힘은 자신의 육체로 보이는 것에서 나오고 있었다. 그것은 정령왕의 손아귀에 낚아채져서는 축 늘어져 있었다.

모든 건 찰나에 진행됐다. 김지훈의 영혼이 어떤 힘에 의해 육신으로 다시 안착했을 때, 되살아난 김지훈의 두 눈이 부릅떠졌다.

"허억!"

김지훈의 입에서 뜨거운 숨이 토해져 나왔다. 그는 정말로 정신을 차린 것이었다.

그때 어디에서 스미어 들어온 것인지는 모를, 검은 기운들이 김지훈과 그를 붙들고 있는 정령왕의 손아귀 사이를 파고들었다.

김지훈은 한 번 더 충격을 받았다. 정령왕의 불길에 의해 몸이 태워진 것이 아니라 지면에 곤두박질치면서 척추에 타격이 가해진 것이었다.

김지훈은 상체를 일으키며 위를 올려다보았다.

휘이이이—

상공에 날아다니고 있는 건 원혼 실린 망령(亡靈)들이었다. 그런데 그것들을 뿜어내고 있는 방향으로 고개를 돌리자, 거기에는 한 남자가 서 있었다.

검은 오라가 그자의 전신에서 피어오르고 있었다. 그의 발밑에는 그림자가 아니라 피 웅덩이가 고여 있었으며, 그의 뒤편에서도 새로운 어둠의 생명체들이 땅을 뚫고 나오고 있었다.

정작 그 모든 것의 주인인 그자는 광오한 눈길로 정령왕을 바라보며 움직이지도 않고 않았다. 그가 정령왕을 가리키면서 시작됐다.

망령이 유성처럼 쏟아지고.

다 썩지 않은 시체들과 백골들이 정령왕을 향해 불나방처럼 달려간다.

김지훈은 그 모든 것의 주인이 자아내는 음산함에 몸이 떨렸다. 그자가 오시리스라는 걸 확인한 후에도 달라지는 건 없었다.

그때 칼리버가 달려와 김지훈을 안아 들었다. 칼리버는 묻고 싶은 게 많은 힘든 얼굴이었지만, 정작 김지훈을 향해 튀어나온 물음은 뒤를 이어 도착한 올리비아에게서 나왔다.

"어떻게 부활했지?"

올리비아가 따지듯이 물었다. 그건 김지훈 자신부터가 묻고 싶은 말이었다.

'나…… 분명히 죽었었는데?'

셋의 시선은 자연스럽게 위험스러운 기운이 꿈틀거리는 방향으로 돌아갔다. 정령왕의 불길도 차마 범접하지 못하는 곳.

거기에서 오시리스는 그들이 알고 있던 오시리스가 아니었다.

그는 죽은 것들을 부리는 제왕으로 나타났다.

Chapter 2.

　불의 정령왕은 지난 6월경에 포클리엔 공국성에서 한번 출현한 적이 있었다. 때문에 각성자들 사이에서는 정령왕에 대한 이야기가 큰 화두였었다.

　그것이 어떤 모습을 띠고 있는지, 그것이 휘두른 한 번의 손길이 각성자들을 어떻게 불살랐는지.

　김지훈이나 올리비아도 숱하게 들었던 일이다. 하지만 그것을 직접 마주하게 되는 건 또 다른 문제일 수밖에 없는 것이다.

　마주하는 즉시, 죽음에 대해서 생각하게 만든다.

　죽음의 문턱을 숱하게 넘어 온 김지훈과 구원자의 도시

민들이라도 이번만은 어쩔 수 없겠구나 하는 생각이 저절로 들었던 것이다.

그렇게 불의 정령왕 셀레온은 모두에게 위압을 가하며 출현했었다.

하지만 오시리스가 출현하면서 세상이 바뀌었다. 오시리스는 단지 서 있기만 할 뿐인데도, 정령왕은 오시리스가 소환해 내는 온갖 음산한 것들에 파묻혀 맥을 못 추고 있었다.

그때 김지훈과 권성일 그리고 올리비아를 포함한 모두는 누가 먼저라 할 것 없이 등을 돌렸다. 부상이 지독한 몸으로 뛰고 또 뛰었다.

이윽고 그들이 멈춰 선 곳은 전장에서 멀리 떨어진 곳이었다.

거기에서는 불의 정령왕이 피워 내는 그 굉장했던 불길도 보일락 말락 했고, 하늘을 시꺼멓게 채웠던 악령(惡靈)들도 멀리 뜬 먹구름같이 보였다.

그럼에도 불구하고 정령왕의 열기와 오시리스의 음산한 기운이 여전히 미치는 곳이었다.

하지만 더 멀리 이동한다면 전장의 상황을 확인할 길이 없었다. 그래서 권성일부터가 거기에서 멈춰 선 것이었다.

"으으……."

그가 자리에 주저앉으며 신음을 흘렸다.

그의 전신에서 증기가 뿌옇게 피어오르고 있지만, 그것만으로는 그가 얻은 부상들을 다 가릴 수 없었다.

김지훈과 구원자의 도시민들도 그 옆으로 쓰러졌다. 서 있는 건 발키리를 제외하고 나면 올리비아가 유일했다.

"당신들은 기지로 돌아가 있어. 여긴 내가 지켜볼 테니까."

그녀가 말했다.

"이 가시나가 뭐라고 씨부리는 거냐. 으으윽……."

"기지로 돌아가 있으랍니다."

"쓰벌 것이 어디서 명령질이여. 칼리버 아직 안 뒈졌다고 전혀."

그는 전신이 다 타들어 가는 듯한 고통에 이가 덜덜 떨렸다.

그러나 지금이 아니라면 초월체 간의 격돌을 다시 목격할 수 있는 기회가 언제 있을지 모르는 일. 그는 기지로 돌아갈 생각이 조금도 없었다.

'한 번이라도 더 봐 둬야 혀. 정령왕은 불의 정령왕 셀레온으로 끝이 아니니까. 오시리스, 저것도…… 무시무시한 제왕이 되어 버렸고.'

오시리스는 광오했다. 그는 선 자리에서 일절 움직이지 않는다.

그럼에도 모두가 보기에 불의 정령왕은 악령과 죽은 것들 그리고 간간이 오리시스가 일으키는 불가사의한 기운들을 대적하는 것만으로도 급급해 보였다.

다만, 오시리스의 몸에서 뻗쳐 나가는 불가사의한 기운의 실체를 또렷이 보고 있는 건 권성일뿐이었다.

고통이 천천히 가라앉고 있었다. 두 눈에 집중을 고조시킬 수 있는 시점에서 권성일은 확신했다.

'저것도 귀신 같은 것이구만!'

오시리스의 몸에서 뛰쳐나오는 것은 오시리스의 영혼이다.

그것이 정령왕에게 쇄도해 일격을 가했다가 오시리스의 육신으로 회수되길 반복하고 있었다. 그 또한 권성일은 난생처음 봤다.

정신체.

그러니까 영혼의 존재야 마탑을 부수는 과정에서 이미 깨닫게 된 것이었어도.

저렇게 육안으로 보이는 형태로 끄집어내, 초월체나 되는 정령왕에게 타격을 가한다는 것은 조금도 생각해 볼 수 없는 일이었다.

'어찐다냐. 쎄도, 오질라게 쎄져 버렸는디······.'

꿀꺽.

'마리 누님. 언데드 엠퍼러라 하셨수? 나는 모르겠수다. 오딘께서 저런 놈을 감당하실 수 있겠냐 말이오. 오딘께선 괴물을 만들어 버리셨수.'

꿀꺽.

'오시리스의 충성심이 대단하다고는 하지만 그걸로 커버 치기엔 너무 쎄단 말이요. 누님. 알잖수. 나는 누님 외엔 아무도 안 믿수. 태한 동상이라도…… 하물며 오시리스는 어쩌겠냐는 말이요.'

*   *   *

권성일은 김지훈에게 시선을 돌렸다. 구원자의 도시민들 사이에서 리더 격인 녀석.

고것의 입으로는 구원자의 도시민들 사이엔 리더가 없다고 부정하지만 정작 리더로 행세하는 것을 주저하지 않는 녀석.

아니나 다를까, 전장의 오시리스로 향해 있는 김지훈의 얼굴에는 본인도 숨길 수 없는 경외심이 얼룩져 있었다.

오딘을 언급할 때 깊어지는 눈빛이 거기에 고스란했다.

권성일은 실망스럽지도 않았다. 김지훈이 어떤 녀석인지 아니까.

'이제 오시리스 똥구녕 겁나 핥겠구만. 구원자의 도시민들도 김지훈이를 따라 우호적이 될 것이고. 이거 좋은 일만도 아니여…… 따지고 보믄 언데드 엠퍼러와 그 일당들은 이제 우리 인류라 할 수도 없는 것이니께.'

그가 말했다.

"아까 물었잖어."

"예?"

"니는 분명히 죽었었으. 심장이 멈춰 버렸었단 말이여. 거기서 좀만 늦었으믄 니 몸은 다 타 버렸을 것이고. 그러니께 어찌 된 거냐고?"

"……오시리스가 저를 소생시켜 준 게 아닐까요? 보십시오, 형님. 저 하늘의 온갖 망령들을요. 땅을 헤집고 나온 시체 중에는 각성자였던 구울도 있습니다. 오시리스는 죽음을 다스리는 힘을 차지한 겁니다."

김지훈도 고통이 꽤 수그러져 있었다. 일시적이나마 첼린저 구간까지 폭증한 체력 덕분이었다.

"근디 니는 구울이 된 것도 아니여. 심장이 멀쩡히 뛰는디."

"진실은 오시리스만이 알겠죠."

김지훈은 그렇게 대답하면서도 어쩐지 드는 생각이 있었다.

죽은 자들의 제왕이 정령왕을 상대하고 있는 것도 그랬다. 전력을 다하고 있다는 느낌이 들지 않았다. 오시리스는 본인의 위대함을 새삼 시험하고 있는 것 같았다.

죽음을 주관하고 있는 위대한 힘으로 무엇까지 가능한지?

그것에 대해서 말이다.

김지훈은 문득 자신이 너무 흥분에 차서 말했다는 것을 깨닫고는 목소리 톤을 누그러뜨렸다.

"오시리스는 올리비아가 데려온 것이겠죠?"

"허튼소리 말고. 증말 몰러? 죽은 사람을 되살린다는 게 가당키나 한 말이여? 니 되살아날 때 뭔가 느낀 게 있을 거 아녀."

김지훈이 자신의 육체를 내려다봤던 경이로운 경험을 다시 떠올리고 있을 때.

착착착!

발키리들이 움직여 방패 벽을 견고하게 형성했다. 올리비아의 진도 퍼런 보호막을 주변으로 퍼트렸다. 올리비아가 짧게 말했다.

"온다."

그러고는 바로였다.

화아아악—

초열(焦熱)의 폭풍이 전장의 중심에서부터 밀려왔다.

모두는 식겁했다. 멀리 떨어져 있지 않았다면 그 폭풍에 휩쓸리고도 남았을 거라는 데에 이견이 없었다. 특히 방어선에서 한차례 그 폭풍을 경험해 봤던 권성일로선 신경이 곤두서는 순간이었다.

폭풍이 지나간 뒤.

권성일은 방패벽에서 빠져나오며 멀리를 응시했다.

구울들이 증발하며 한 줌의 재로 변한 가루들이 저편의 허공에서 나부끼는 가운데, 정령왕은 온통 악령들로 뒤덮여 있었다.

정령왕의 불길은 이전 같지 않았다. 고통스러워하는 몸짓 같이 버둥거리고 있었다.

그리고 그 몸짓은 오시리스의 영혼이 정령왕의 얼굴에 파묻은 손을 휘저을 때마다 격정적으로 일어나는 것이었다.

이윽고 정령왕이 있던 자리에 정령사의 시체만 남겨졌다.

정령왕을 이루고 있던 그 굉장했던 불길들은 흔적도 없이 사라졌다.

"……."

"……."

모두는 침묵했다.

전방의 광활한 땅은 두 초월체 간의 격돌로 전부 불타고 있었다. 먹구름처럼 득시글거렸던 망령들은 얼마 남지 않은 개체로 오시리스 안으로 흡수되고 있었다. 일어났었던 시체들은 잔존해 있는 게 없었다.

불의 정령왕 셀레온 대 언데드 엠퍼러 오시리스.

두 초월체 간의 전투는 그로써 종국에 이른 것이었다. 오시리스가 불길을 뚫으며 생존자들을 향해 걸어오는 시점에서 권성일이 적막을 깼다.

"지훈이, 니 똑똑히 들어. 오시리스는 혼자 큰 게 아니여."

"……."

"오딘께서 저리 만들어 주신 것이지. 저게 다 그분의 위업이란 말이여."

"누가 뭐랬습니까?"

"허튼소리 씨부리고 다니믄……."

"아니, 저를 어떻게 보시고?"

"니 잘하는 소리 있지? 내 귀에 헛소리들이 들려오믄 니부터 족칠 거여. 저짝 가시나에게도 똑같이 전혀. 어여. 이리로 온다. 어여, 어여."

권성일은 목이 아닌 허리에 힘을 줬다. 오시리스 앞에서 구부정한 자세로 서 있기 싫어서였다.

＊　　＊　　＊

"구원자의 도시민, 김지훈이 오시리스 님을 뵙습니다."

김지훈이 고개를 깊이 숙였다. 그러나 오시리스는 김지훈에게 일절 시선을 주지 않은 채 그가 착용하고 있는 흉갑만 응시했다.

김지훈의 머릿속으로 경종이 울렸다. 그때를 기점으로 김지훈은 숨을 쉴 수가 없었다. 오시리스의 압도적인 존재감 때문이 아니었다.

그 일은 권성일도 올리비아도 인지할 수 없는 영역에서 벌어지고 있었다.

올리비아가 김지훈이 컥컥대면서 괴로워하는 모습을 보며 황급히 말을 뱉었다.

"위, 위급 시, 당신에게 도움을 요청하라 했습니다."

오시리스의 눈살이 구겨졌다.

직전에 오시리스의 공포스러운 힘을 목격했던 올리비아였고, 더욱이나 자신을 노려보는 오시리스의 시선에는 깊은 암흑이 깃들어 있었다.

끝이 없는 어둠의 지옥.

거기로 자신의 뭔가를 잡아당기는 힘이 실려 있는 것 같았다. 으읍.

올리비아보다도 그녀의 소환물 진이 먼저 반응했다. 올리비아를 보호하듯이 둘 사이를 가로막은 것인데, 올리비아가 그것을 거둬들이며 마저 말했다. 한 마디 한 마디 힘들게.

"각성자…… 김지훈은…… 풀어 주십시오…… 저에게도 위해를 가하는 건 그만…… 허억!"

"후왁!"

김지훈과 올리비아는 한 번에 숨을 몰아쉬었다. 올리비아는 자신의 뭔가를 끌어당기고 있던 힘이 사라진 느낌을 받았다.

그제야 그녀는 제대로 말할 수 있었다. 그러나 마음의 준비를 단단히 해 뒀다고 해서 목소리가 떨려 나오는 걸 저지할 수는 없는 것이었다.

"협…… 회에서는 그분의 물건을 회수하는 중이고 저는 그분께 바칠 물건을 찾고 있습니다. 임무를 완수할 수 있도록 도와주십시오. 방어선이 뚫렸습니다."

올리비아는 권성일에게로 눈길을 돌렸다. 덩달아 오시리스의 눈길도 그에게 향했다.

권성일은 부상이 상당한 것이 원망스러웠다. 육신이 괴로우면 정신도 약해진다. 평상시와 다를 바 없는 컨디션이었다면 긴장할지언정 시선을 피하지는 않았을 거라고 생각했다.

'성일아, 니가 쫄면 어찌자는 거여.'

본인도 모르게 오시리스의 시선을 피했던 권성일은 다시 오시리스를 똑바로 쳐다보았다. 그가 그렇게 시선을 오시리스에게 유지한 채로 김지훈에게 물었다.

"저 가시나가 뭐라고 씨부렸나? 내 뒷담아 깐 거 맞지?"

"오시리스께 방어선 상황을 들려주십시오, 형님."

"통역혀."

권성일은 섬뜩한 죽음의 빛이 일렁거리는 눈동자를 향해 입을 열었다.

"크흠흠. 지금 그짝이면 못할 게 아무것도 없을 것 같은디. 사정이고 자시고 가서 싹 쓸어 주슈. 그람 거기 뒷청소는 내가 하겠수다……."

권성일은 오시리스의 목소리를 들어 본 적이 손에 꼽았다.

그때도 마찬가지였다.

오시리스는 아무런 대꾸가 없었다. 서 있던 자리에서 피웅덩이로 변해 난장판이 된 지면을 구불구불 흘러가기 시작했는데, 한 시점에서 누구도 쫓을 수 없는 속도로 사라져 버렸다.

모두는 한참 뒤까지 입술을 떼지 못했다. 어떤 경고였을까? 오시리스가 마지막 순간에 본인들을 훑어봤던 시선에

얽매여 있을 뿐.

오시리스가 그들에게 남기고 간 것은 안도가 아니었다.

또 다른 공포.

그것은 같은 편이라고 해도 떨쳐 버릴 수 있는 것이 아니었다.

*   *   *

핏물은 북쪽 전선을 향해 나아갔다.

대지 전반에는 그분과 고룡이 격돌하면서 남긴 힘이 얽혀 있었다.

어떤 곳은 소멸 직전까지 약해져 있는가 하면 또 어떤 곳은 움직이는 핏물에 영향을 끼쳐 올 만큼 강력했다.

지표를 따라 움직이고 있던 핏물이 오시리스의 본 인형(人形)으로 변하게 된 자리는 그렇게 잔존된 힘이 최고조에 이른 곳이었다.

스르르—

오시리스는 전방을 바라보았다.

끝 모를 낭떠러지와 아무렇게나 빚어 올린 것 같은 산들이 규칙 없이 펼쳐져 있었는데, 지형 따위는 아무래도 상관없었다.

각성자들에게 전해 들었던 사정과는 사뭇 달랐다. 여기에선 그분과 고룡만이 격돌한 게 아니라 두 거대한 존재까지 충돌했었던 것이다.

바로, 둠 카오스와 올드 원까지.

눈앞의 정경은 세계 종말의 현장처럼 참혹했다. 그러나 둠 카오스와 올드 원까지 개입되었던 것을 감안하면 무리도 아니었다.

한 번도 본인들을 드러내지 않았던 둠 카오스와 올드 원이 바로 여기에서 모습을 드러냈던 것.

그리고 그 일은 아마도 그분의 육신과 고룡의 육신을 빌려 일어났을 것이다.

언데드 엠퍼러로 각성한 이래 얻게 된 영안(靈眼)이 가르쳐 주고 있는 일은 그뿐만이 아니었다.

순간 오시리스는 자신의 정수리를 스치고 지나가는 시선을 느꼈다.

시선은 멀리서 왔다.

오시리스가 천공을 올려다보는 시간은 시선과의 거리만큼이나 길어지고 있었다. 시간이 지날수록 시선을 보내오는 그것이 점점 뚜렷해지기 시작했다.

그런 후였다.

오시리스는 그때 처음으로 둠 아루쿠다라고 불리는 군주

의 일부분을 목격했다.

천공에 태양 같이 박혀 있는 거대(巨大) 외 눈깔 하나.

그것은 오로지 언데드 엠퍼러의 영안에서만 확인되는 영역 안에 존재했다.

실물 없이 영적 존재로만 나타난 것이니, 다른 각성자들에게 저 하늘은 그냥 퍼렇기만 한 이계의 하늘일 뿐일 테다.

오시리스는 그 눈이 하이에나의 것과 닮았다고 생각했다.

이윽고 오시리스의 두 눈에 맺혀 있던 에메랄드빛이 빠르게 사라졌다.

지금 이런 때에 영혼의 포식자, 둠 아루쿠다가 나타나 눈알을 뒤룩뒤룩 굴리고 있는 이유야 한 가지밖에 없지 않겠는가?

고룡의 영혼과 그분의 영혼을 찾아 착취하기 위함인 것이다.

그런데 어느 것도 둠 아루쿠다의 마음대로 되지 않을 것이다.

고룡의 영혼은 여기에 직접 발을 붙이고 있는 자신조차 찾을 수 없을 만큼 꼭꼭 숨어 버렸을뿐더러.

그분의 영혼 또한 강력한 힘에 의해서 어디론가 안전히 이동되어져 있었다. 시작의 장에서 그분이 보이셨던 부활의 능력에 대한 비밀이 바로 거기에 있었다.

즉, 그분께서는 죽어서도 둠 아루쿠다의 탐욕스러운 손아귀를 피해 영혼을 안전히 보관할 수 있는 창고를 마련해 두셨던 것이다.

게다가 육신을 재구성시킬 수 있는 어떤 능력까지 보유하고 계시기에 완전한 부활을 보여 주실 것이다. 그런 불사의 능력은 특성일 수 있고 또 어쩌면 자신도 받은 바가 있었던 어느 특전에 의한 것일 수 있었다.

어쨌거나 중요한 건 그분께서는 반드시 부활하신다는 것이다.

'한 달이었던가.'

기억을 더듬은 오시리스는 시선을 전방으로 가져갔다.

안타깝게도 부러진 창대 조각 하나가 눈에 띄었다. 이미 몇 동강으로 조각나 있었다. 다른 조각들은 지표 아래 파묻혔거나 낭떠러지로 튕겨져 버렸는지 보이지도 않았다.

그분의 손아귀에 들려 있을 때에는 뇌전신의 천둥을 만들어 냈던 고결한 창.

하지만 이제는 고작해야 파괴된 아이템에 불과해진 것.

둠 아루쿠다도 쓸모가 없게 된 그것에는 조금도 눈길을 주지 않는다.

오로지 고룡의 영혼만을 찾아 뒤룩뒤룩. 오시리스는 영안을 다시 띄워 천공을 바라보지 않더라도 둠 아루쿠다의 시선만큼은 계속 느낄 수 있었다.

스치는 것만으로도 피를 얼어붙게 만드는 섬뜩한 시선.

하물며 둠 카오스는 어떻겠는가. 비슷한 존재인 성 제이
둔과 올드 원은?

그것들을 모두 적으로 삼고 있는 그분께서는 참으로 힘
든 짐을 지셨다.

*　　　*　　　*

오시리스가 두 번째로 멈춰 선 자리에선 많은 각성자들
이 보였다.

멀리로는 전초 기지로 사용되고 있는 작은 도시도 보였
다. 거기에선 신규 진입자들로 보이는 각성자들의 행렬 또
한 끝이 없었다.

시작의 장 말엽, 본토로 돌아가기 위해서 모인 규모에는
미치지 못한다. 하지만 지금 같은 추세대로라면 머지않아
그에 준하는 규모가 완성될 거라 판단됐다.

정황상 대부분은 그분의 아이템을 수거하기 위해 모인
자들이었다.

각성자들은 서부 개척 시대에 금광을 찾기 위해 모여든
자들을 방불케 했고, 협회에서 그들을 무리 없이 통제하고

있다는 걸 확인했다.

그제야 오시리스는 미련을 버릴 수 있었다.

언데드 군단을 데려올 필요가 없어졌다. 각성자들이 대규모로 동원된 이상, 자신까지 직접 나서서 그분의 장비를 회수하러 다닐 까닭이 없는 것이다.

"레드 포인트 5 섹터. 위험 지역이기 때문에 다른 그룹은 진입하지 않았다. 그래서 우리는 지금 이 시간부로……."

오시리스는 한 그룹을 향해 시선을 집중했다.

각성자들은 소속 기업들의 로고를 가슴에 부착하고 있었는데, 오시리스의 관심을 끈 그룹은 그에게도 익숙한 로고를 부착하고 있었다.

가문의 후계자 리브카에게 가주 자리를 인계한 뒤로는 정말로 연고가 사라지게 된, 카르얀 그룹의 로고 말이다.

하지만 오시리스가 그들에게 관심을 보이는 건 로고 때문이 아니었다.

쇄아아악—!

오시리스는 그대로 엄습했다. 그러고는 무리의 리더가 들고 있는 서류철을 낚아챘다.

"이런 미친……!"

오시리스는 각성자가 내뱉는 말을 무시하고 그 자리에서 서류철을 뒤적거리기 시작했다.

서류철 속에서 찾은 지도에는 드론으로 정찰된 지역이 세밀하게 구분되어져 있었다.

위험 지역으로 레드 포인트, 진입 가능 지역으로 블루 포인트, 이미 진입이 시작된 지역으로 블랙 포인트. 그리고 각 지역의 상공에서 촬영된 사진들이 첨부 자료로 부착된 상태였다.

용골병이라고 명명된 신(新)몬스터에 대한 자료도 흘러나왔다.

그렇게 오시리스가 서류철을 훑어보는 사이, 난데없는 방해를 받은 무리는 정작 오시리스와 거리를 벌리는 중이었다.

그들이 볼 때 오시리스는 여기에 나타나선 안 될 자였다.

그린우드의 지배층들이 입을 법한 검은 예복을 입고 있었을 뿐만 아니라, 브실골이라도 장착하고 있을 어떤 아이템 하나조차 찾아볼 수 없었던 것이다.

하지만 그들이 오시리스를 그린우드 종(種)이라 오해하면서도 섣불리 공격하지 못하고 주변으로 지원의 눈길을 보내고 있는 까닭은 오시리스에게서 풍겨져 나오는 위압감 때문이었다.

그때.

오시리스의 손아귀 위, 그 지도 위로 붉은 글자가 새겨지기 시작했다.

「 그분의 창 (파괴됨) 」

오시리스가 피해 왔던 구역 위로 새겨진 글자에서는 각성자들에게도 익숙한 냄새가 풍겨 나왔다.

연하지만 그건 피비린내였다.

「1. 그분의 뼈 반지를 최우선으로 찾을 것.

　2. 발견 시 접촉을 금지할 것.

— 오시리스 — 」

두 번째 문구는 앞서 새겨진 글자보다 굵은 글씨로 지도 하단에 새겨졌다.

오시리스가 지도를 원주인의 손에 쥐여 주는 과정도 그것을 낚아챘을 때와 동일했다. 그들의 무리 속으로 엄습했다가 제자리로 돌아왔고, 그들의 반응은 한 박자 느렸다.

그때까지도 오시리스를 알아보는 자는 없었다.

외모가 워낙에 바뀐 탓이기도 했지만, 도전적으로 오시리스를 쳐다보았던 자들조차도 오시리스와 눈이 마주치기 무섭게 시선을 회피해 버렸던 탓이다.

그들은 불가사의한 어둠의 힘이 오시리스의 두 눈에서 뻗쳐 나온다고 느꼈다.

"혹시…… 오시리스 님이십니까?"

그 말은 무리의 리더가 지도에 새겨진 글자를 확인한 뒤에서야 나왔다.

오시리스의 이름은 유명했다. 그의 유명세에는 시작의 장 때보다 더한 위험성을 포함하고 있었다.

순간 각성자들은 본인들도 모르게 뒷걸음칠 쳤다.

오시리스를 중심으로 한 반경은 점점 커져 가면서 그 안에 들어 있는 사람이라곤, 오시리스를 마주하고 있는 단 한 명밖에 없었다.

그때 오시리스는 사내의 가슴에 박힌 로고와 사내의 얼굴을 확인하고선 전초 기지가 있는 방향을 가리키는 것으로 대답을 대신했다.

오시리스가 전하는 뜻은 명백했다.

지도부에 전해서 자신이 새긴 문구를 지령으로 삼으라는 거였다.

"지도부에 전하면 되는 겁니까……? 오시리스 님."

그때 처음으로 오시리스의 입에서 육성이 흘러나왔다.

"그렇다."

오시리스를 마주하고 있는 자에 더불어, 주변으로 모여들었다가 거리를 벌린 각성자들까지.

각성자들 전부는 오시리스의 면전에 대놓고 드러내지는 못했지만 적어도 그들 사이에 주고받는 눈빛들에선 이미 오시리스를 적으로 두고 있었다.

적이지만 맞서 싸우기에는 공포스러운 존재.

정작 오시리스의 표정에는 아무런 변화가 없었다. 그에게는 그런 시선들이 너무나 익숙했으니까.

스르르.

이후 오시리스는 그들의 눈앞에서 소문의 모습대로 피의 웅덩이로 변해 사라졌다.

각성자들은 오시리스에 대해서 이야기를 나누기 시작했다. 그러다 그들은 공통적으로 한 가지 사실을 발견했다.

많은 이들이 오시리스를 보았지만, 오시리스의 바뀐 얼굴을 정확히 기억하고 있는 이가 없다는 거였다.

그의 근사한 외모는 위압감 속에 가려졌다. 그의 가지런한 금발이나 잡티 하나 없는 피부 역시, 그가 자아내는 공포 속에서 뭉개져 있었다.

　　　　*　　　　*　　　　*

　오시리스는 북쪽 전선이 한눈에 들어오는 고지에서 마지막으로 멈춰 섰다.

　목적지였다.

　각성자나 마나를 다루는 검사들은 구울의 재료로 쓰이고, 그렇지 않은 일반 잡병들은 상태에 따라 좀비나 스켈레톤 혹은 망령의 재료로 쓰인다.

　하지만 원거리계 각성자들과 이계 종들의 군단이 대치하고 있는 거기에는 온전한 시체들이 그리 많지 않았다.

　성기사들이 각성자들의 원거리 스킬들을 감수하면서까지 전장을 헤집고 있기 때문이었다. 그들은 적군과 아군의 시체를 구별하지 않고 모든 시체들의 두개골을 해머로 박살 내고 있었다.

　스킬에 노출되어 성기사가 죽으면 곁에 있던 성기사가 동료의 두개골을 박살 내는 식이었다. 두개골을 깨는 소리가 원거리 스킬의 폭음만큼이나 크게 들렸다.

　빠악! 빠악!

　'여기까지 알려졌군.'

　오시리스는 성기사들의 작업을 무정한 눈길로 쳐다보았다.

성기사들은 죽어도 주 락리마의 성전(聖殿)으로 간다는 신념하에 위험을 감수하고 있지만, 진실은 다르다. 성기사 같이 쓸 만한 개체의 영혼들은 둠 아루쿠다가 가만히 놔두지 않는다.

둠 아루쿠다는 한계를 모르는 포식자다.

그쯤에서 오시리스는 시선을 다른 쪽으로 돌렸다.

대치가 무너진 전장이었다. 난전 중이었고 꺼먼 재들이 유독 날리고 있었다. 불의 정령왕 셀레온이 강타했었던 장소로 보였다.

그래서 그쪽으로도 재료로 쓸 만한 게 마땅치 않아 보였다.

'하지만 상관없다.'

성기사들이 처리하지 못한 시체들이 일어날 것이며 지하에서 백골로 썩어 가고 있던 옛 모험자들도 땅을 뚫고 나올 것이다.

또한 수거되지 않은 신선한 영혼들은 반투명의 실체를 갖추면서 태양을 가려 대고, 그 모든 죽은 것들은 자신과 함께 전장에 어둠을 내리 앉히리라.

오시리스가 첫발을 떼려던 순간.

바로 그때.

오시리스의 미간이 굳어졌다.

'게이트?'

적군의 진영 중심 쪽에서 공간이 찢어졌다.

거기에서 걸어 나온 엘프 또한 먼 거리의 오시리스를 의식하는 눈치였지만, 이내 주변을 향해 외침을 터트렸다.

"엘슬란드는 마왕, 둠 엔테과스토를 무찔렀다! 이젠 너희 그린우드인들의 차례다!"

와아아아—!

환호성 또한 부상자들의 신음을 덮어 버릴 만큼 크게 폭발했다.

엘프를 뒤따라 나온 군단은 다양한 종족의 연합체였다. 오시리스는 그것들의 각 군단장이 들고 있는 병기에서 정체 모를 위기감을 느꼈다.

"나와라."

오시리스가 중얼거렸다.

언제부터 오시리스를 따라다니고 있던 것일까?

마치 깊은 지하의 지옥에서 지상으로 기어 나오듯이, 오시리스의 그림자에서 연달아 세 개의 인형이 솟구쳐 나왔다.

하나는 시체들의 군주, 하나는 망령들의 군주, 마지막 하나는 뱀파이어들의 군주였다.

시체들의 군주는 얼굴이 으깨져 있고 망령들의 군주는 울부짖음으로 가득 차 있으며 뱀파이어들의 군주는 미모의 귀부인이었다.

오시리스는 지시를 내리기 시작했다. 전투가 길어질 것 같았다.

보아하니 올드 원 진영 쪽에서도 이 지역을 반드시 점거해야 하는 이유가 있는 게 분명했다. 게이트를 만들어 낼 수 있는 존재까지 가담한 것이다.

그분의 아이템들 때문에? 아니면 어딘가에 숨어 있는 고룡의 영혼? 그것도 아니라면 아니면 고룡이 죽어 남긴 심장 때문에?

'더 큰 이유가 존재하는군.'

예컨대 둠 카오스와 올드 원이 충돌하며 남긴…… 무엇일지도.

그런 의심이 확신으로 변하는 순간까진 그리 오래 걸리지 않았다. 생각도 못 한 인물까지 강력한 호위군단의 보필 하에 등장하면서였다. 엘슬란드의 궁정에 있어야 할 그녀까지 나타났다.

엘슬란드의 여왕이 지금 여기에.

*   *   *

도로 위는 러시아워(Rush hour)로 막혀 있었다. 그러나 한쪽 도로는 경찰들의 통제하에 완벽히 비워져 있었다.

조나단이 탄 차량이 지나가는 도로였다. 운전석과 뒷좌석은 프라이빗 칸막이로 막혀 있었고 조나단은 심각한 얼굴로 창밖을 보고 있었다.

그는 경찰들에게 항의하거나 혹은 자신의 차량을 핸드폰으로 찍고 있는 시민들을 바라보면서 정체 모를 감정에 휩싸였다.

답답함일까 분노일까.

지난날의 청문회가 떠오르고 월가를 함성으로 뒤덮었던 시위대들의 모습도 그의 뇌리를 스쳐 댔다. 지금에야 소강 상태에 접어들었지만 그래도 대중들이 전부 관심을 돌려버린 건 아니다.

스토커 같은 작자들이 이름을 유튜브로 바꾼 동영상 플랫폼에서 활동을 재개하고 있으며 인기도 상당한 것이었다.

그때 프라이빗 칸막이가 내려갔다.

칸막이는 조수석의 수행원이 본인의 스마트 패드를 조나단에게 건넨 후에 다시 올라갔다.

「뉴욕을 질주하는 조나단 헌터의 리무진. 개쩌는
조나단 헌터의 권력.

Kevin Jo · 조회수 9만 · 10분 전 」

  그것을 바라보는 조나단의 표정에는 변화가 없었다. 어차피 시간이 촉박해서 도로 통제는 불가피했다.
  1분짜리 영상이 끝나자 새로운 영상들이 추천되었다.

  「＊연관 동영상＊ 조나단 헌터, 비실명 거래 재판 코앞…… 적극 옹호 vs 약간의 비판
  CNN · 조회수 1392만 · 3일 전 」

  「＊연관 동영상＊ (만화로 보는) 지구를 구한 위대한 히어로, 염마왕 편
  Hunter's cartoon · 조회수 2억 9441만 · 5달 전 」

  「＊연관 동영상＊ 믿기지 않는 조나단 헌터의 재산 규모. 1경 달러??? 10,000,000,000,000,000 $!!!
  TOP of TOP · 조회수 2930만 · 2달 전 」

  「＊연관 동영상＊ 청문회 하이라이트 1 (염마왕)
  Team D · 조회수 9002만 · 2달 전 」

「 ＊ 연관 동영상 ＊ 중국은 완전한 자유 시장 체제
로 — 조나단 투자 금융 그룹과 질리언 투자 금융 그
룹이 중국을 먹어 치우는 방법.

David Report · 조회수 22만 · 6시간 전 」

「 ＊ 연관 동영상 ＊ 조나단 헌터의 새로운 저택은
방공호다? 종말을 대비하는가? 이계에서는 대체 무
슨 일이 벌어지고 있는 것인가?

Mystery world · 조회수 1450만 · 1일 전 」

물론 연관 동영상으로 뜬 목록에는 스토커들의 영상이
추천되지 않는다.

하지만 조금만 검색해 봐도 찾기 쉬운 일.

「 충격 ! 우리 모두는 조나단 헌터의 노예로 예정
되어져 있었다.

설명: 사상 최악의 음모. 프리메이슨과 빌더버그
클럽 그리고 세계 각성자 협회. 또한 그들이 이계의
일을 감추는 이유.

Tree Insider · 조회수 339 · 1시간전 」

「콘텐츠가 YouTube의 서비스 약관을 위반하여
삭제된 영상입니다.」

「계정: Tree Insider
스팸, 현혹 행위, 혼동을 야기하는 콘텐츠 또는
기타 서비스 약관 위반 등으로 YouTube의 정책을
여러 번 또는 심각하게 위반하여 해지된 계정입니
다.」

이런 아마추어들은 문제가 되지 않는다.

그러나 유튜브 정책에 아슬아슬하게 걸리지 않는 선에서
자극적인 발언들을 포장하고, 그렇게 쌓은 본인들의 팬을
배경으로 논란을 야기하는 자들이 늘어나고 있다. 누구는
사익을 위해서 또 누구는 세계인들을 계몽시키는 것을 신
념으로 여기고.

어쨌거나 썬의 엄청난 인내심으로 인해, 이제 세상은 주
류 언론들보다도 가상 세계의 쓰레기 언론들을 더 믿는 세
상이 되었지 않은가?

그것들에게 생각이란 게 있다면 세계 각성자 협회에서
각성자들의 이계 진입을 주도하고 있는 까닭을 모르지 않
을 것이다.

그렇다면 감사히 받아들이고 현실에 적응해야 하는데, 그러기엔 욕심이 많은 것인지, 인류의 변환점에서 오는 혼란을 악용하는 자들이 너무 많다.

"머저리 같은 것들."

그것들은 본인들의 세계가 얼마나 아슬아슬한 위치에 있는지도 모른다.

조나단이 이계의 영상을 긴급히 전해 받은 건 바로 이날 아침.

지금 그는 클럽의 회의 장소로 향하는 중이었다.

*　　　*　　　*

교외로 빠져나온 이후부터는 한적한 숲길이 이어졌다.

길 끝으로 호텔 하나가 보이기 시작했다.

금년도에 들어서 두 번째 회의가 개최되는 장소로, 일 년에 한 번만 개최한다는 전통적인 룰을 깨고 조나단은 회원들을 긴급 소집했다.

세계 정상급 인물들이 한날한시에 일제히 움직인다면 대중들의 관심을 촉발시킬 수밖에 없기 때문에 보통 회의 일정은 회원들에게 준비할 수 있는 시간을 주기 마련이다.

그러나 이번은 달랐다.

어떠한 사정이든지 간에 반드시 24시간 안에 참석하라는 소집령을 내렸다.

대중들의 시선을 감수한 명령이었다.

그가 차량에서 내려서자 먼저 도착해 있던 회원들이 시야 안으로 들어왔다.

긴급하게 소집한 만큼 도착한 이들은 그리 많지 않았다. 그들이 조나단을 보며 머뭇거리고 있을 때, 한 사내가 거침없이 걸어왔다.

"믹?"

조나단은 믹을 한 번에 알아보았다.

시작의 날 이전에는 썬의 사설 그룹에서 장으로 있었던 자였고 이후에는 클럽의 청소부 조직을 운용하는 자였다.

이자의 조직에 의해서 클럽을 스토킹 하는 자들이 청소되는 중이다.

자신의 테이블까지 직접적으로 보고가 올라오는 일이 없긴 했지만, 어느 탐사 보도 전문 기자가 의문의 죽음을 맞이했다는 기사만큼은 한 번씩 발견할 수 있었다. 이자의 작업인 것이다.

믹이 조나단의 눈길을 받으며 말했다.

"뵙게 돼서 영광입니다. 염마왕이시여. 불참석을 통보한 회원은 없고 열두 명의 회원이 참석해 있습니다. 한데 직전

회의 때 중국 측에서 염탐꾼을 보낸 적이 있었습니다."

"알고 있소. 같은 일이 반복된다면 즉살해도 좋소."

조나단은 그렇게 대답하면서 믹의 하수인들에게로 눈길을 돌렸다.

호텔로 들어오는 입구를 막고 인근을 순찰하고 있는 자들이었는데, 브실골 급으로 보이는 각성자 몇도 포함되어 있었다.

조나단은 그들이 비각성자인 믹의 포섭을 받아들인 까닭을 알 것 같았다.

그들도 지옥을 헤쳐 나온 건 부정할 수 없는 사실이지만 결국엔 '브실골'이라는 주홍글씨가 새겨져 있는 것 역시 사실이다.

그래서 그들 같은 경우엔 이계에 진입하거나 협회에 의탁하기보다는 믹의 손길을 받아들였으리라. 운 좋은 녀석들.

"엄격하게 선별한 자들입니다."

믹이 조나단의 시선을 따라가며 말했다. 원래는 구원자의 도시민들을 영입하고 싶었지만 실패했다는 설명이 뒤따랐다.

조나단이 고개를 끄덕이며 그를 지나쳤다. 그의 등 뒤로 차가운 물음이 부딪쳤다.

"즉살 대상에는 민간 기자들도 포함되는지요?"

"누구라도 예외는 없소, 믹."

클럽 회원들이 속속 도착하는 동안.

조나단은 그의 숙소에 들어가 모습을 드러내지 않았다.

그날 밤, 창밖에서 총성이 들렸다. 보안 요원들의 강력한 경고에도 불구하고 염탐을 시도하려는 클럽의 스토커가 있었던 모양이다.

높게 끌어올린 감각을 유지하고 있었기 때문에 조나단은 거기에서 풍기는 피비린내 맡을 수 있었다. 하지만 당장 그의 눈앞에 펼쳐진 것에 비한다면 그건 미약하기 짝이 없었다.

「 5.mp4 」

조나단이 보고 있는 영상 파일의 제목은 단지 숫자에 불과했다.

이태한이 뉴욕으로 날아오는 도중에 보내온 이계의 영상 중 다섯 번째 파일이다. 여러 영상 중 전장의 실태가 적나라하게 담긴 것이다.

올드 원 측 게이트에서 쏟아져 나온 엘프들은 대중들이 판타지로 그리던 그런 존재가 아니다.

성년이 되지 않을 때부터 막사 생활을 하고, 장애를 가지고 태어난 자식을 버리고, 본인들의 자식을 노예 부족의 전사들과 생사투를 벌이게 하는 등.

그렇게 철저히 전투적 종족이라 알려진 오크 종(種)에 비해도 뒤떨어지지 않았다. 최종장까지 완성된 각성자들에 비해서도 말이다.

피를 뒤집어쓴 얼굴로 눈동자를 번질거리는 엘프들의 모습은 대중들에게 악몽을 심어 주기에 충분해 보였다. 그리고 그것들의 리더들이 들고 있는 S급 아이템들은 또 어떤가.

휘둘러질 때마다 각성자며 언데드며 두 동강이 나고 있었다.

그래서 그 영상을 보는 것만으로도 진짜 피 냄새가 흘러나오는 듯한 착각이 들 정도였다.

피에 취한.

정확히는 신성(神性)에 취한 엘프들의 공세는 충분히 잔혹하다.

그것들은 금방이라도 락리마와 여왕의 신성을 부르짖으며 이계에 진출한 각성자들을 도륙할 것처럼 보인다. 그렇게 또 다른 게이트를 열어 인류의 본토를 습격할 것처럼도 보인다.

그래서 조나단은 여러 영상 중 [5.mp4]를 낙점했다.

*　　　*　　　*

회의가 열리기 네 시간 전.

이태한을 태운 차량이 보안을 통과했다. 그렇지 않아도 그가 도착하기만을 기다리고 있던 조나단은 창밖을 응시하고 있었다.

그가 마지막으로 도착한 회원이었다.

지난 클럽 회의들과는 달리, 회원들은 숙소나 바(Bar)에 있지 않고 전부 뜰에 모여 있었다.

그들은 이계의 상황을 접할 수 있는 위치에 있는 자들이다.

자신에게 들어온 파일과는 다른 제목에 다른 각도에서 그리고 그들이 후원하고 있는 또 다른 각성자들에 의해서 찍힌 영상이겠지만.

클럽 회원들 역시 대전쟁으로 확산된 이계의 영상을 접했을 것이다.

군부 쪽 회원들을 중심으로 이야기가 진행되고 있었다. 제2차 시작의 날이 시작되는 것이 아닌지에 대한 이야기들이다.

차량에서 내려선 이태한에게 회원들이 몰려드는 광경을 끝으로, 조나단은 창문을 닫았다. 곧 이태한의 기척이 가까워지기 시작했다.

과연 노크 소리는 다급하게 울렸다. 이태한은 방문을 넘자마자 말을 뱉었다.

"우리 본토로 게이트가 열리지 않을 거라 확신할 수 있으십니까? 그분께서는 평소 뭐라 하셨습니까?"

조나단이 미간을 굳혀 보이고 나서야, 이태한은 본인의 실수를 인정했다.

"죄송합니다. 오시리스의 추가 소식은 없습니다. 마지막 보고에서도 그는 여전했습니다."

"만일 오시리스가 패한다면 우리도 이계에 진입해야 할지 모른다."

조나단은 오시리스의 마지막 모습이 담긴 [3.mp4]를 떠올렸다.

또 다른 고룡이 출몰한 때에 찍힌 영상이었다. 오시리스는 그 고룡과 함께 거대 결계 안으로 자취를 감춘 후 알려진 소식이 없었다.

"오딘께서도 고룡을 대적하시다 죽음을 맞이하셨습니다. 한데 오시리스가 어찌…… 오시리스의 패배는 예정된 것입니다."

"엔테과스토마저 그 힘을 경계하여 찢어 버린 것이, 지금의 오시리스가 되었다. 승산이 있다고 본다."

"……."

조나단은 문득 말이 없어진 이태한의 얼굴을 응시했다.

이태한의 얼굴에는 오딘께서 계셔야 합니다, 라고 빤히 써 있었다.

조나단은 그 얼굴을 무시하고 마저 말했다.

"던전이 열릴 수는 있겠지. 그러나 본토에 직접적으로 게이트가 뚫릴 일은 가정하지 않는다. 지금껏 썬, 그 친구가 해 온 일이 거기에 주력되어 왔었기 때문이다."

썬이 왜 둠 카오스와의 거래를 받아들였겠는가! 둠 카오스는 올드 원이 제시하지 못하는 본토의 안전을 저울에 올려놓았었다.

그렇지만 만에 하나 본토에 게이트가 뚫린다면? 썬이 받을 충격을 제외하고 본다면 솔직히 자신이 바라는 바이기도 했다.

어디까지나 썬이 받을 충격을 제외하는 경우에.

"지금 회의를 시작하지."

그렇게 말하면서도 조나단은 의자에서 일어나지 않았다.

도리어 그는 등을 돌려 노트북을 마주했다. 이태한은 조나단의 어깨너머로 노트북에서 일어나는 일을 바라보았다.

조나단이 유튜브에 접속하고 있었는데, 그의 계정은 진작 만들어져 있었다.

「 업로드할 파일을 선택 또는 동영상 파일을 끌어 놓기 」
「 공개 」
「 5.mp4 」

"염마왕이시여……."
이태한이 놀란 음성을 흘렸다. 그는 조나단이 유튜브에 올리려는 파일의 정체를 잘 알고 있었다. 하지만 조나단은 멈추지 않았다.

「 제목: 진실 」
「 설명: 이계에서 벌어지는 일들을 진실로 알고 싶다니, 감당할 준비가 되어 있길 바란다. 」

「 이 동영상을 업데이트하시겠습니까? 」

클릭!

「업데이트되었습니다. 」

　이태한은 조나단을 말릴 시간도, 말릴 수 있는 권한도 없었다.

　그가 다시 눈을 부릅뜨고 보아도 조나단이 올린 영상은 이계의 현장이 고스란히 담긴 그 영상이 맞았다.

「진실

　설명: 이계에서 벌어지는 일들을 알고 싶다니, 감당할 준비가 되어 있길 바란다.

　Johnathan Hunter · 조회수 없음 · 바로 전」

Chapter 3.

　회의의 시작을 명한 조나단의 지시가 하달되었다. 줄곧 잠겨 있던 회의장의 빗장이 풀렸다. 회원들은 본인들의 자리를 찾아 앉기 시작했다.

　그 과정에서 약간의 웅성거림이 일었다. 희비가 엇갈리는 표정들이 있는 것도 당연했다.

　결코 수평적인 조직이 아닌 이곳에서는 자리가 곧 본인들의 위치를 대변하는 척도였는데, 직전 회의에 비해 상당히 많은 자리 이동이 있었기 때문이었다.

　권좌에 가까운 거리일수록 발언권을 더 가진다는 것이 암묵적인 룰.

그리고 권좌를 바로 마주하고 있는 1열은 그분의 최측근들의 고정석이었다.

! 직전 회의 (1열) : 다니엘, 제시카, 질리언, 조나단(불참석), 조슈아(불참석), 브라이언 김. 제이미 ― 총 7석

하지만 이번 회의에서는 1열마저도 이동 조치가 있었다.

! 금번 회의(1열) : 다니엘, 질리언, 브라이언 김, 이태한, 제이미, 리브카(카르얀 가문의 새로운 가주) ― 총 6석

본래 1열에서 한 자리를 차지하고 있던 제시카는 5열까지 좌천됐다. 새로운 회원으로 세계각성자협회장 이태한이 추가되었어도 그분의 공백으로 인해 1열은 한 자리가 줄어 있었다.

그런데 무엇보다.

회원들은 제시카가 중급 회원에 불과한 5열까지 좌천된 까닭을 이해하지 못했다.

더욱 이해 못 할 일은 좌천을 겸허하게 받아들이는 제시카의 모습이었다.

그녀는 쌀쌀해진 날씨와 불러 오는 배 때문에 오버사이

즈의 원피스를 입고서 조용히 앉아만 있었다. 일언반구도
없이 말이다.

한편 현(現)미 대통령이 2열까지 승급한 일이나, 클럽의
전통적인 회원이었던 로트실트가 한순간에 공중 분해되어
서 장내 어디에서도 찾을 수 없게 된 사실까지.

회원들은 자리 배치 상황만으로도 느끼는 바가 상당했
다.

그네들의 시선이 미치지 않은 곳에서 일어났던 일은 제
외하고라도, 그분의 최측근인 제시카를 좌천시키고 미 대
통령 등을 승급시키는 등.

새로운 인물이 클럽의 절대적인 권한을 손에 쥔 것이었
다.

이제 회원 중 누구도 그 사실을 부정할 수 없어졌다. 그
자는 조나단 헌터가 아니었다. 조나단 투자 금융 그룹의 조
나단 헌터는 과거와는 완전히 달라진 존재, 염마왕이 되어
나타났으니까.

＊　　　＊　　　＊

회원 모두가 아직 비어 있는 권좌를 바라보면서 청문회
당시의 염마왕을 떠올리고 있던 때.

"……!"

소란은 한 회원이 외부의 측근으로부터 전해 받은 메시지에 의해 시작됐다.

옆에서 옆으로, 옆에서 위와 아래로 빠르게 전파되었다.

어느 순간 모두는 핸드폰을 바라보면서 술렁거리고 있었다. 그리고 그 안에는 조나단이 직전에 올린 영상이 재생되는 중이었다.

「진실

Johnathan Hunter · 조회수 3만 · 15분 전 」

게이트에서 쏟아져 나오는 엘프 종(種)들의 군세가 적나라하게 담긴 영상.

질리언도 그걸 보고 있었다. 충격적인 건 이계의 현 모습을 대중들에게 풀어 버린 조나단의 결단이 충격적이었지, 수만 가지의 스너프 필름을 합친 듯한 영상의 잔혹함 따위가 아니었다.

고민에 휩싸인 질리언은 버릇처럼 옆을 쳐다보았다. 그러나 이제 그의 옆자리에서 보이는 건 아내 제시카가 아니라 다니엘이었다.

질리언은 그에게 말을 붙여 보려다가 그만두었다.

비록 영상으로나마 이계의 현실을 마주한 것이 이번이 처음은 아닐 텐데도, 다니엘은 너무도 과몰입하고 있었다.

어떤 말을 걸어 본들 그에겐 들리지 않을 것 같았다.

그래서 질리언은 반대쪽으로 고개를 돌렸다. 브라이언 김을 향해서였다.

"올리신 지 얼마 되지 않으셨네. 알고 있었나?"

"저도 들은 바 없습니다."

질리언이나 브라이언 김이나 똑같은 심정이었다.

둘은 할 말을 잃었다.

클럽과 세계 각성자 협회에서 아무리 단속을 하고 있다 한들.

그 많은 입들을 전부 동여 버릴 수는 없는바. 이계에서 일어나는 비인도적 사건들이 암암리에 알려지고 있는 것도 사실이다.

예컨대 생물학적으로 인류와 동일한 그린우드의 원주민들이 각성자들에게 어떤 취급을 받는지에 대해서 말이다.

그렇지만 대(大)전쟁으로 확장되고만, 이계의 현 상황이 대중들에게 알려지는 건 또 다른 문제였다.

이계의 군단들도 게이트를 사용한다는 게 처음으로 밝혀졌다.

제2차 시작의 날이 열릴지도 모른다는 것도 그렇지만,

이 영상이 대중들에게 공개되어 버린 것이야말로 둘의 불
안을 더욱 증폭시키는 원인이었다.

그때.

"역대 엘프 종들의 여왕 중, 여왕이 궁정을 떠난 일은 처
음 있는 일입니다. 그 장소가 미천한 그린우드 대륙의 전장
이라면 더욱이나……."

질리언과 브라이언 김은 동시에 소리가 들려오는 쪽으로
시선을 돌렸다. 같은 열에 앉아 있던 제이미 또한 의외라는
얼굴로 소리의 주인공을 쳐다보았다.

평소 과묵하기 짝이 없고, 위치적으로도 질리언의 제자
격인지라, 본인의 의견을 드러내는 법이 없었던 인물이 다
니엘이었다. 그랬던 그가 이계의 일에 정통한 듯이 말하고
있었다.

"지금 이계는 이미 대전쟁으로 치달았습니다만 그보다
더욱 확산될 경우를 가정해야만 합니다. 엘프 종들의 여왕
이 직접 참전했다는 것은……."

"잠깐 다니엘, 자네. 그런 걸 다 어떻게 알고 있나?"

"저도 각성자 그룹을 운용 중입니다. 저에게도 들려오는
것들이 있지요."

질리언은 어쩐지 평소와 다른 다니엘에게서 이상한 느낌
을 받았으나 뭔가를 더 물을 수는 없었다.

끼이이익.

권좌의 주인이 들어오게 될 문이 열리고 있었기 때문이다.

"염마왕을 뵙습니다."

"염마왕을 뵙습니다."

"염마왕을 뵙습니다."

착!

회원들이 자리에서 일제히 일어났다.

조나단은 이태한을 수행 비서처럼 데리고 나타났다.

이태한이 자연스럽게 본인의 자리를 찾아 앉았듯이, 조나단이 권좌의 단상에 서는 모습 역시 자연스러웠다.

그러한 모습에서 회원들은 그분의 공백이 느껴지지 않았다.

"권좌의 수임자로 내가 선택된 것은 너희들 모두 잘 알고 있는 바다. 나는 오딘이 세운 질서를 수호하는 걸 사명으로 여기고 있음을 밝힌다.

내가 이리로 오는 길에 무엇을 하고 왔는지는 알고들 있겠지.

해서 이번 회의의 안건이 '제2차 시작의 날'이 될지도 모르겠다는 생각을 가진 이도 있겠지만, 그러한 최악의 경우를 가정하고 있지 않음 또한 밝힌다.

거시세계에 우리 지성으로 설명할 수 없는 초월체들이 존재하고 그곳에서 우리 우주를 포함한 전 우주의 운명을 결정짓는 전쟁이 일어나고 있으나.

지금껏 너희들이 입는 옷, 먹는 음식, 누리는 온갖 혜택들이 어디에서 어떻게 비롯되었는지를 상기한다면 내가 왜 2차 시작의 날을 가정하지 않는지도 이해할 수 있을 것이다.

지구는 우리들의 영도자, 오딘에 의해 안전하다.

우리 세계의 모든 건 그에게 의존되어 있으니 너희들은 간절히 바라야 하는 것이다.

오딘.

그의 외로운 이 싸움이 승리로 향하길 말이다.

그렇지 않고서 너희들의 우려대로 제2차 시작의 날이 발발한다면 그때는 승패와 상관없이 전 인류는 석기 문명으로 퇴락하기를 각오해야만 하는바, 금번의 회의를 시작으로.

앞으로 우리는 회의 시작에 앞서 그를 향해 진실된 묵념을 올리겠다. 묵념."

묵녀어어엄—

조나단의 마지막 한마디는 절대명령같이 작용했다. 목소리 자체에 그러한 힘이 깃들어 있는 듯, 회원 전체는 동시에 눈을 감았다.

장내는 숨소리 하나 없는 침묵에 휩싸였다. 더 이상이 없을 조용함이었고 어느 비밀 종교의 경건한 의식같이도 보였다.

*   *   *

"그만."

조나단은 그 말을 끝으로 권좌에 앉았다.

"다들 착석해도 좋다."

본래는 썬, 그 친구가 보고 있어야 할 광경이라고 생각했다.

그 친구가 장장 이십 년의 세월을 바쳐 만들어 낸 광경이었다. 은행가, 기업가, 정치가, 국제기구 운영자, 군부의 장성들 그리고 이제는 세계각성자협회장까지.

인종도 성별도 나이도 각기 다르지만 128인의 회원들은 전부 서명 한 번으로 본인들의 나라뿐만 아니라 이웃 국가의 운명에도 큰 영향을 줄 수 있는 위치의 자들이다.

그런 자들이 권좌를 향한 복종에 조금의 부끄러움도 비치지 않는다.

클럽의 전통적인 방해물이었던 동구권 세력들까지도 중

국이 IMF발 침몰로 무너진 이후로는, 명실상부(名實相符).

지금 보고 있는 광경은 '지구의 정복자'만이 볼 수 있는 광경이었다.

먼 미래.

클럽에 어떤 미래가 기다리고 있을지 모르지만 조나단은 하나만큼은 확신할 수 있었다. 권좌의 주인으로서는 가장 강력한 힘이 응집된 최고의 전성기라는 사실을 말이다.

아래에서 반역이 일어난다 할지라도.

조나단 투자 금융 그룹과 질리언 투자 금융 그룹이라는 두 개의 대검을 손에 쥐고 있는 이상 손쉽게 정리될 것이며.

회원 모두는 그걸 인정하고 있기 때문에라도 반심을 품을 수조차 없다.

조나단은 이를 악물었다.

그림자 정부로서 그치는 게 아니라 정말로 한 개의 국기로 유지되는 세계 단일 국가의 수립.

엉덩이에 닿은 권좌의 딱딱한 면에선 그러한 유혹이 스멀스멀 피어오르는 것 같았다. 썬은 어떻게 이러한 유혹을 뿌리쳤는가.

조나단은 직전에 행했던 묵념과도 같이 눈을 감았다 떴다.

그러고는 포문을 열었다.

"이태한."

"예. 염마왕이시여."

"아직까지 잔존해 있는 각성자들이 몇이나 되는가?"

"비등록 각성자를 포함해서 9만 명입니다."

쾅!

조나단이 호통쳤다.

"리더의 능력이 부족한 것이냐. 협회 자체가 제정신이
아닌 것이냐."

대전쟁으로의 진입을 기피하는 현상은 어쩔 수 없다.

이태한은 그 외에도 변명거리가 많았지만, 무엇도 내뱉
을 수 없었다.

염마왕이 실제로 스킬을 사용한 것이 아니었는데도 권좌
에서는 그러한 열기가 미치는 것 같았다.

그러면서 동시에 드는 감정은 시작의 장에서 염마왕과
같은 무대를 치르지 않았다는 것에 대한 안심이었다. 그랬
다면 지금의 자신은 완성되지 않았을 거라는 확신이 들었
다.

"이제 깨달았겠지. 내가 너희들을 왜 긴급히 소집했는지
말이다.

2차 시작의 날을 가정하지 않는다고 해서 이계의 전황이

우리 세계와 무관한 것은 아니다. 너희 중에 그걸 이해 못할 자가 있다고 생각지 않는다.

그렇기 때문이다. 오딘의 질서를 수호하기 위해서라도, 기존의 강령은 시국에 따라 얼마든지 조율할 수 있는 것이다.

각성자들에게 부여된 자유를 조건부로 박탈한다, 이태한."

"……새로운 강령을 조속히 준비하겠습니다."

조나단은 이태한에게서 회원 전체로 시선을 넓게 가져갔다.

"만일의 사태를 대비한 최소 인력과 이 땅에 남아야 하는 불가피한 사유를 제외하고, 전 각성자들은 이계의 전장으로 투입되는 것이 마땅하다.

이에 너희들은 서로 간에 무조건으로 협력해 협회의 강령을 거부하는 각성자들에게 강력한 조치를 가해야 할 것이다."

계좌를 동결시켜 버리든지. 협회원 자격을 상실시킬 뿐만 아니라 국적까지 박탈시켜 영원히 도망자 신세로 만들어 버리든지.

이후로 확인을 거쳐야겠지만, 조나단이 말한 강력한 조치에는 각 군부의 특수부대원들에게 각성제를 지급해 도주 각성자와 비등록 각성자들을 대비한 전담 부대를 상설하라는 것까지 포함되어 있는 것 같았다. 회원들은 조나단에게 집중했다.

"지금 대중들은 충격에 젖었다. 그것들도 현실을 알게 된 대가를 치를 수밖에 없다. 공포가 그리 멀지 않은 곳에 있음을 깨달았겠지.

지금부터 본 회의는 대중들의 시선 때문에 우리가 결의를 미뤄 왔던 사안들을 다루기 시작할 것이다. 잔존한 각성자들에 대한 사안 외에도 본인의 의견을 개의치 말고 제시하라. 1열의 회원들부터."

그때 회원들은 느꼈다.

염마왕의 통치 방식은 그분과 같으면서도 조금은 다르다는 것을.

*　　　*　　　*

세계가 충격에 휩싸인 그 시각.

클럽에서는 또 하나의 극비 의제가 통과되고 있었다.

명목상으로만 존재해 왔던 로건법(The logan ATC)과 그와 같은 법령들조차도 아예 폐지하는 것.

그러한 법령들은 일반 시민이 외국 정부와 협상할 수 없도록 규정해 놓은 것이었는데, 법문만 놓고 보면 클럽 회원들은 모두 법의 심판대에 서게 되는 것이다.

물론 그런 전례는 없었다.

하지만 스토커들이 클럽의 부당성을 주장하는 데 자주 활용되는 재료였다.

미 대통령의 발목에 채워진 족쇄를 풀어 주는 데에도 용이했다. 미 대선 당시, 시민 신분이었던 미 대통령이 러시아와 공모했다던 혐의는 다음 대선에도 불거져 나올 수밖에 없는 사건이었기 때문이다.

그러나 로건법 폐지는 클럽에서 결의한 사안 중 극히 작은 것에 지나지 않는다.

가장 대두되었던 사안은 조세 회피처에 대한 규제를 1열의 회원들에게 유리한 쪽으로 풀어 버리는 것이었다. 외부의 어떤 간섭도 받지 않는 성역(聖域)으로 완성시켰다.

무엇으로도 그 안을 들여다볼 수 없게끔, 철벽을 쌓아 올린 것이었으며 현존하는 제도적 장치들을 무력화시키는 작업.

남겨둬 봤자 화근밖에 되지 않는 것들은 그렇게 치워졌다.

하지만 정말로 제거해 둬야 할 화근은 따로 있었다. 조나단은 그래서 영상을 공개한 것이었다.

폐장이 선언되었다.

클럽에서 통과된 의제들을 현실로 만들어내는 것은 이제 회원들의 몫이 되었다. 그럼에도 회의장을 나서는 그들의 얼굴에는 만족감이 서려 있었다.

클럽의 지지에, 발목의 족쇄가 풀리기까지 한 미 대통령은 연임을 확신하는 얼굴이었다. 그는 더 충실한 클럽의 개가 되리라.

회원들의 차량이 줄을 지어 호텔을 빠져나가고, 한 시간 후.

조나단과 이태한은 긴급히 준비한 기자 회견 석상에 나타났다.

그 장소 역시 호텔의 한 곳이었는데 분위기는 얼어붙어 있었다.

기자 회견은 적막 속에서 시작됐다.

"세계인 여러분. 안녕하십니까. 세계 각성자 협회장, 이태한입니다.

우리는 여러분들과 아직 성인이 되지 못한 우리 아이들이 받았을 충격에 공감하고 있습니다. 이 점 깊이 사과드립니다.

시작의 날을 겪었지만 우리들의 전쟁을 직접 두 눈으로

마주한 이는 그 자리에 있던 군인들뿐이었고, 이후로도 세계 각 정부에서는 시작의 날에 촬영된 어떤 영상도 공개하지 않아 왔습니다.

또한 혼란을 방지하기 위해 '외계로의 진출'이라는 슬로건을 사용해 왔습니다.

하지만 이제는 여러분들도 아실 겁니다. 우리는 지금도 전쟁 중입니다."

이태한은 정중한 몸짓으로 본인의 핸드폰을 꺼내 보였다.

「진실

설명: 이제에서 벌어지는 일들을 알고 싶다니, 감당할 준비가 되어 있길 바란다.

Johnathan Hunter · 조회수 3억 5천 143만 · 12시간 전」

"조나단 이사가 올린 이 영상은 조금도 손을 보지 않은 상태입니다. 영상을 공개하기까지 이루 말할 수 없는 고심이 있었을 겁니다.

이 영상은 청문회 당시, 조나단 이사가 본인에게 쏟아지는 비판을 감수하면서까지 숨겨 왔던 비밀이며 우리 인류가 마주고 있는 현실이었습니다.

하지만 지금에 이르러서 조나단 이사가 이 영상을 왜 공개할 수밖에 없었는지는, 영상 안에 고스란히 설명되어 있습니다.

우리의 새로운 적들은 과거에 쓰러트렸던 적들보다 강합니다.

지금 이 시각, 이계의 전황은 우리 전 인류에게 위협이 되고 있습니다."

그때 기자들 속에서 불쑥 튀어나온 물음이 있었다.

"각성자들은 시작의 날에 우리를 침공한 괴물들을 두고 '칠마제 군단'이라 명명하고 있습니다. 이계의 적들도 칠마제 군단 중 하나입니까? 아니면 세계 각성자 협회에서 침공을 가한 것입니까?"

모든 이들의 시선이 싸늘하게 식은 채 쏠렸다.

돌발 행동으로 이태한의 발언을 막아 버린 기자를 향해서였다.

"지금부터 조나단 이사가 그러한 것들에 관한 진실을 들려 드릴 겁니다."

이태한은 조나단에게 발언권을 넘겼다.

"한 가지를 분명하게 짚고 넘어가겠소. 그대들이 궁금해하는 우리 각성자들의 영도자 오딘의 행방에 관한 것이기도 하오.

시작의 날, 우리의 적들은 칠마제 군단이었소. 그러나 그대들이 알고 있듯이 우리는 그것들을 무찔렀으며 우리의 영도자 오딘께선 그것들 중 일부를 휘하로 복속시키는 데에도 성공하였소."

　복속?

　복속!

　장내에 또 한 번의 충격이 떨어졌다.

　"그렇다면 오딘께선 왜 그것들을 휘하로 복속시켜야만 했을까?

　칠마제 군단 외에도 우리의 본토에 야심을 품고 있는 또 다른 세력이 있음을 인지하셨기 때문이오. 그렇소. 성(星)드라고린.

　칠마제 군단 다음으로 그것들의 습격이 예정되어 있었소.

　이에 우리들은 선제공격을 감행하였소. 그 결과 우리의 본토가 아니라 우리 적들의 땅에서 전쟁을 치를 수 있었던 거요.

　여기까지가 그대들이 아는 '외계로의 진출'에 대한 진실인 것이오."

　조나단은 첫 발언을 마쳤다.

*　　*　　*

이태한이 지목한 기자가 물었다.

"전황이 위태로운 것입니까?"

"영상에 나타난 그대로입니다. 이계의 적들도 우리와 같습니다.

각기 다른 문명의 종족과 많은 나라들이 있어 이해관계가 일치되기는 쉽지 않아 보였습니다. 덕분에 우리는 작은 승리들을 여러 번 쟁취할 수 있었습니다.

하지만 전투가 치러진 지역은 그린우드 대륙 중 한 곳으로 우리와 같은 모습을 한 그린우드 종들의 지역입니다.

여기에 엘프 종들이 본격적으로 참전하기 시작했습니다.

엘프 종들은 이계의 종족들 중에서 강력한 위상을 가진 것들입니다. 성 드라고린 전체를 아우르는 유일 종교의 총본산을 두고 있으며, 엘프 종들의 여왕은 그러한 유일 신앙의 우두머리로서 존재하고 있기 때문입니다.

그리고 우리는 이번 전쟁에 엘프 종들의 여왕까지 직접 참전했다는 것을 확인하였습니다.

우리는 이를 두고, 드라고린의 종족들과 나라들이 하나로 융합하여 우리에게 대적하려는 모습의 전조로 판단하였습니다.

전황이 위태롭냐 물었습니다만, 우리 인류가 과연 안전할 수 있는지에 대해 물어야 하는 게 우선이 아닐까 합니다."

먼지가 일어날 정도였다.

이태한의 대답이 끝나자마자 모든 기자들이 발언권을 얻기 위해 몸까지 곤두세우며 손을 들었다. 넘실대는 마루카 일족의 촉수들 같은 그 가운데, 한 명이 이태한의 지목을 받았다.

"영상에서 게이트의 존재가 확인되었습니다. 엘프 종들은 거기를 통해 전장에 참전했고요. 그리고 시작의 날과는 달리 조직적이고 대규모였습니다. 우리들의 세계로 게이트가 열릴 시를 대비해 협회에서는 어떤 방책이 준비되어 있습니까?"

"지금도 오딘께서는 게이트가 열리지 않도록 최선을 다하고 계십니다.

우리 인류는 시작의 날을 기점으로 초자연적인 영역에 진입하였습니다. 우리 인류의 운명이 걸린, 여러분들이 이해하지 못하는 전투가 어딘가에서 진행 중이라는 것만 알아 주십시오."

이태한의 답변은 끝나지 않았지만, 손을 들기 시작하는 기자들이 속출했다.

그는 그것을 무시하고 계속 말했다.

"하지만 비각성자인 여러분들도 우리를 도와줄 수 있는 방법이 있습니다.

우리를 믿고 일상을 영위하는 것입니다. 영상이 공개된 후 세계 증시가 흔들리고 있습니다. 이 시각 대형 마트들은 전장을 방불케 한다고 들었습니다.

이런 일이 발생할 것을 알았기에 그간 우리는 진실을 포장할 수밖에 없었습니다.

만일 게이트가 열린다면 여러분들이 지금 준비하고 있는 모든 생존 수단들은 전부 무의해집니다.

그러니 혼란을 야기하는 것보단 안정을 되찾아 우리가 치르고 있는 전쟁에 전념할 수 있도록 협조해 주십시오."

조나단은 바로 옆에서 들려오는 목소리를 들으며 미간을 굳혔다.

사회적 혼란은 어쩔 수 없다. 그는 지금 썬의 질서를 지키기 위해서, 썬이 차마 하지 못했던 것을 해야만 하는 모순에 빠져 있었다.

'대중들은 본인들이 어떤 처지인지 깨달아야 한다. 그래야 지금의 평화를 감사히 여기고 쓸데없는 문제를 일으키지 않는다. 화근 덩어리들.'

마음 같아선 전 세계인의 노예화 프로젝트인 [테세라]를 부활시키고 싶지만.

거기까지 치닫는다면 월권으로 그치는 게 아니라 썬과 대척하겠다는 거였다. 미치지 않고서야.

조나단은 생각을 그쳤다. 새로운 질문이 이어지고 있었다.

"예외적인 질문을 하겠습니다. 이런 비상시국에 세계의 권력자와 금융 엘리트, 군부의 장성들이 이 호텔에서 회동을 가졌습니다. 빌더버그 클럽의 구성원들로 알려진……."

이태한은 바로 일축했다.

"우리가 만남을 가진 것은 사실입니다. 그러나 민간인 신분일 뿐, 어느 정부나 국제적 기구의 대표로 만난 게 아니었습니다."

그때 전음이 들려왔다.

『시작해라.』

이태한은 더 이상 기자들의 질문을 받지 않고 본론으로 넘어갔다.

*　　　*　　　*

"각성자들은 시작의 장에서 수십 년의 세월을 보냈습니다.

우리에게는 우리들만의 절대적인 룰이 있었고, 대개 그 룰은 최고의 통치권자에게서 나왔었습니다.

그리고 현재입니다. 우리는 기존의 세계에 적응하도록 노력해 왔습니다. 우리들의 세계에 자본의 논리를 받아들였고 결실은 컸습니다.

그러나 인류의 안전이 또다시 위협을 받는 지금에 이르러서는, 우리를 지금의 우리로 완성시켰던 절대적인 룰로 하여금 보완이 필요해졌습니다.

여러분들의 자녀를 전장으로 보내겠습니까? 자녀와 배우자를 남겨 두고 여러분들이 전장으로 떠나겠습니까? 혹은 전 인류의 군인화를 생각해 보셨습니까?

아닙니다.

우리 세계 각성자 협회의 일념은 언제나 여러분들의 안전에 있습니다.

전쟁은 우리가 치릅니다.

대신 여러분들은 우리의 룰을 이해하려는 노력을 보여 줘야 할 것입니다.

협회의 방침을 이해하지 못하겠다면 묵인하고 있으면 됩니다. 여러분들의 우려와 달리 각성자들은 협회의 방침을 자연스럽게 받아들일 겁니다.

지금부터 전하는 말은 세계 각성자 협회장인 나 이태한

이, 우리들의 영도자 오딘의 이름으로 전 각성자들에게 내리는 지시입니다."

이태한은 카메라를 노려보며 마저 말했다.

줄곧 정중하고 담담했던 그의 눈빛이 순간에 매서워졌다.

"아직도 본토에 잔존해 있는 자들은 들어라. 현 시간부로 전 각성자에게 참전을 명한다. 제외 대상은 다음과 같다.

군부에 속한 자, 이후 협회의 통보를 따로 전해 받는 자. 그 외에는 이유 불문하고 12시간 안에 참전하여 협회의 지침을 수행한다.

지금으로부터 12시간 후에도 본토에 남아 있는 각성자들은 반역으로 간주할 것이며 어떠한 연유에서든 용서는 없을 것이다."

그쯤에서 이태한은 말을 그쳤다. 옆의 시야로 자리에서 일어나는 조나단의 모습이 걸쳐 들어왔기 때문이었다.

조나단이 완전히 일어섰을 때, 아무것도 없는 허공에서부터 시작됐다.

처음에는 흉갑이었다.

착!

다음에는 투구였다.

착!

그리고 차례대로 방어 장비들이 난데없이 나타나 조나단의 몸에 결착됐다.

마지막으로 소환된 것은 붉은 장갑이었는데, 조나단이 그것을 착용한 즉시 위험해 보이는 붉은 빛무리가 그에게 동조하듯 휘감아 돌다 사라졌다.

"만일의 경우, 본토는 나와 내 부하들이 수호할 것이다. 그러니 경고한 시간이 지난 후부터 내 눈에 띄는 것들은……."

화륵.

붉은 빛무리가 사라질 때의 마지막 광경은 한 줌의 불덩이가 그의 손아귀 안으로 삼켜 쥐어지는 듯이 보였다.

"그 즉시, 죽인다."

그리고 그 경고는 말로 그치지 않았다.

*　　　*　　　*

"현지 시각으로 오전 10시 30분. 뉴욕 한 공터에 소화전으로도 끌 수 없는 불이 활활 번져 오릅니다. 불 속에서는 네 사람의 인형(人形)만이 발견됩니다.

그리고 머지않아 불이 꺼지며 한 사람이 걸어 나옵니다. 조나단 투자 금융 그룹의 총수이자 세계 각성자 협회의 이사진 중 한 명인 염마왕, 조나단 헌터였습니다. 세계 각성자 협회에서 전 각성자들에게 경고한 시간이 지난 뒤, 조나단 헌터는 즉각······."

나전일은 목이 타들어 갔다. 넓은 집에는 자신밖에 없었다.

아내는 아래층의 처형 부부와 함께 있었다.

지금에 이르러서도 처형 부부는 조카 지애에게 미련을 버리지 못했고 아내와 함께 대책을 강구하는 중이었다.

주민등록상 조카의 나이는 마흔에 가깝다. 거기에 시작의 장에서 보내 왔을 세월까지 보탠다면 조카의 실제 나이는 처형 부부와 비슷할 것이다.

이쯤 되었으면 처형 부부는 자식을 가슴에서 떠나보내야 하는데, 정작 그들에게는 마음의 준비를 가질 시간이 없었다.

어디 처형 부부뿐이겠는가?

시작의 날은 갑자기 일어났다. 그날 세계의 많은 부모들이 자식을 잃었다.

유골 없는 장례를 치른 부모도, 설령 자식이 살아 돌아왔어도 그 사실을 각성자 명부로만 확인할 수 있었던 부모도.

실은 다 같은 입장이란 거다.

그렇다고 각성자들이 부모 형제도 몰라본다고 탓할 노릇은 아닌 것이 그들에게는 자그마치 수십 년의 세월이었다.

꼭 시작의 장이라는 지옥에서만이 아니다. 여기에서도 치열하게 살다 보면 한솥밥을 먹는 식구 외에는 의미가 없어지는 법이다.

피를 나눈 형제들도, 평생 가자고 부르짖던 죽마고우들도, 심지어 작고한 두 분 부모님까지도…….

세월이 갈수록 가슴에서 흩어진다.

〈 선후 엄마: 여보, 좀 내려와 봐요. 그리만 있지 말고요. 아니면 우리가 올라갈까요? 〉

곧 까매진 액정 위로 나전일의 얼굴이 비쳤다. 거기에서 그는 작고한 아버지의 얼굴이 생각났다.

돌이켜 보면 짧은 인생.

뭐 그리 부귀영화를 누리겠다고 회사에 헌신을 했는지. 눈앞의 식구들만 그리 챙겼는지.

부모도 몰라봤던 과거의 자신이 야속할 따름이었다. 그런 점에서 아들 선후는 자신과 달랐다.

나전일은 보조배터리까지 챙겨서 아래층으로 내려갔다.

"제부. 어떻게 안 되겠어요?"

"당신이 좀 나서 봐요."

"내게 무슨 힘이 있다고. 나는 은퇴한 사람이잖아."

나전일이 대꾸했다.

"당신 친구들 많잖아요. 제이미 회장님께서 당신을 또 얼마나 아끼셨어요."

"설령 소식을 알았다 치자. 그럼 무슨 뾰족한 수가 생기나? 지애는 협회 고위직이니까 솔선할 수밖에 없을 것이고 선후도 각성자인 이상 전쟁터에 가 있겠지."

나전일의 언성은 점점 높아졌다.

"지금까지도 전쟁터에 없으면 안 되는 것이고. 그러니까 뭐야. 당신은 내가 어떻게 해 주길 바라는 거야? 장성한 자식을 두고 꼴사납게 뭐 하는 짓이냐고. 어쩌면 우리보다 더 나이를 먹은 게 우리 자식들이야."

평소 점잖기만 했던 나전일이 갑자기 성을 냈다. 어색한 기류가 흘렀다. 그것도 잠시, 나전일은 미안한 기색을 비치며 소파에 앉았다.

"고정하세요, 제부. 선후도 아직까지 연락이 없잖아요.

아직이죠?"

"지애나 선후나 우리 품을 떠난 자식들입니다. 이런 판국에 언제까지 끼고 살겠습니까. 힘들겠지만 그만 놓아주세요."

정작 그렇게 말하는 나전일의 눈은 흔들리고 있었다.

"그러지 말고…… 죽은 사람 소원도 들어준다는데, 이번 한 번만 부탁할게요. 우리 딸, 안전하게 잘 있는지. 그것만……."

하기야 사람 마음이 생각하는 대로 되면 그게 어디 사람인가. 부처지.

나전일은 그렇게 생각했다. 처형 부부를 향한 생각이 아니었다. 지금까지 처형 부부에게 했던 말들도 실은 자신에게 하는 말이었다.

'선후까지 연락이 없을 리가 없는데…….'

그는 핸드폰을 물끄러미 바라보다가 고개를 주억거렸다.

과연 가능할지는 둘째치고, 어떤 경로를 통해야 세계 각성자 협회의 내부 사정을 아는 자에 도달할 수 있는지는 진즉 파악해 두었다.

나전일의 손짓으로 핸드폰 액정에 불빛이 들어왔던 때였다.

그때.

우연찮게 한 통의 전화가 먼저 들어왔다. 연락처에 등록되지 않은 번호.

국제 전화로 걸려 온 전화.

〈 Mr.Na? Sun's Father? 〉

자연스러운 힘이 실린 굵직한 목소리였다. 그러면서도 몹시 정중한 말투였다.

＊　　　＊　　　＊

"Where is the call from?"

나전일이 되물었다.

〈 Assoiation. I'm Jonathan hunter. 안녕—하세요? 〉

"Is it true? Are you Jonathan hunter? Jonathan Investment holdings…… Jonathan? True? True?"

〈 예. 아버님. 저는 조—나단— 헌터입니다. I called to let you know about your son. Currently He is on a non—combat mission. so……. 〉

통화는 꽤 길었다.

가족들은 시시때때로 변하는 나전일의 표정에서 심상치 않은 전화일 거라는 직감을 받았다.

나전일의 말에서 간간이 한국말이 섞여 나오긴 했지만, 선후와 지애의 이름이 거론되는 정도인 아주 단순한 단어와 문장으로 그쳤다.

나전일이 통화를 마치자마자 그의 아내가 물었다.

"어디에서 걸려 왔어요? 맞죠? 그렇죠? 선후랑 지애 일이죠?"

하지만 나전일의 대답은 바로 이어지지 않았다. 그는 깊은 생각에 잠겨 있는 듯이 보였고 대답을 기다리는 가족들을 답답하게 만들었다.

나전일의 시선은 처형 부부의 거실 텔레비전에서도 재생되고 있는 조나단의 모습에 집중되어 있었다. 거기에서 조나단은 방금 전의 정중하기 짝이 없던 목소리와는 달리, 무시무시한 눈빛을 이글거리고 있었다.

잠시 후였다.

"안심해. 선후와 지애는 전투에서 빠졌어."

"어떻게요?"

"중요한 임무를 수행 중이라더군. 싸우지는 않지만 중요한…… 그런 게 있대."

"자세히 좀 말해 봐요."

"구원자의 도시민들이라고. 우리나라 각성자 대부분은 같은 임무를 수행 중인 모양이야."

"확실해요?"

"이보다 확실할 순 없어."

"정말 믿을 만한 얘기에요? 누구였는데요?"

"왜 있어…… 그럼 처형이랑 형님도 그만 안정을 취하시죠."

머리가 복잡해진 나전일은 혼자 돌아왔다. 그가 앉은 자리에서는 아들 선후의 사진이 텔레비전보다 더 눈에 띄었다.

아들 선후는 어린 시절부터 금융 쪽으로 두각을 보였다.

그래서 이례적으로 어린 나이부터 조나단 투자 금융 그룹의 러브콜을 받고 일찍이 월가의 금융인으로서 자리를 잡았었다.

그러나 가장 축복받은 시기에 사회를 너무 일찍 경험시킨 것은 아닌지.

아무리 아들이 원하는 일이었고 그 세계에 재능이 있다지만 어쨌거나 자신의 허락에서 시작된 일이었기에 후회가 빈번히 따라오곤 했었다.

언제나 성공할 수는 없는 세계가, 바로 월가이기 때문이다.

월가인은 겉으로는 화려할지라도, 안은 곪을 대로 곪기 마련이었다. 그들이 누린 성공과 부는 본인들의 인생과 정신적 안정을 바친 대가다.

나전일은 은행장 재직 시절에 그런 이들을 숱하게 본 적이 있었다.

하지만 이제, 후회를 조금이나마 떨칠 수 있을 것 같았다.

그때의 경험이 없었다면 선후가 유일무이한 세계적 명사와 어떻게 연을 쌓을 수 있었을까. 그 연은 시작의 장에서 아들이 살아 돌아온 데에 큰 몫을 했을 것이다.

그 '조나단 헌터'가 아들을 직접 챙기는 것을 보면 말이다.

"그래도 항상 조심하거라…… 아들."

아들로부터 전화가 걸려 온 건 그로부터 2주 후였다.

온 세계가 또다시 전쟁으로 치달을 것 같은 혼란이 소강 상태로 접어든 어느 날에.

*   *   *

〈 그렇지 않아도 네 상사에게서 전해 받았었다. 조나단…… 그분 말이다. 〉

행여나 누구의 귀에 들릴세라, 아버지는 조나단의 이름을 속삭이듯 말했다.

〈 지금은 복귀한 거냐? 〉
"다시 돌아가 봐야 합니다."
〈 그래. 우리는 신경 쓰지 말고. 〉

"임무 특성상, 한동안 연락이 없을 수도 있어요. 하지만 걱정 마세요. 일이 수습되는 대로 뵈러 가겠습니다, 아버지."

〈 그런데 말이다…… 아니다. 다음에 통화하자. 〉
"말씀하세요."
〈 그때는 경황이 없어서 네 상사에게는 차마 묻지 못했구나. 요즘 그런 생각이 문득문득 든다. 어쩌면 이 아버지도 사전 각성자였을지 모른다고 말이다. 알려진 것들과 너무나 흡사해. 내 가슴에 있는 게 인장이었어. 〉
"그럼 아버지께서도 시작의 장에 진입하셨을 겁니다."
〈 예외는 없는 거냐? 〉
"예. 만일 인장이라고 해도 나쁠 것은 없습니다. 어떤 식으로든 아버지께 도움이 되지 않을까요."

〈 재직 시절에 운이 많이 따랐지. 정말 인장인가······ 그럼 시작의 장에 진입됐어야 했는데. 정말 이상한 일이지? 〉

"그런 말씀 마세요. 전요. 저만 갔다 돌아온 것을 언제나 감사히 여기고 있습니다, 아버지."

이후 통화를 마저 마친 다음에 이태한이 가져온 옷을 입었다. 한 달 사이에 이태한의 얼굴은 많이 쇠락해져 있었다.

"일부 각성자들을 제외한, 대부분의 각성자들은 전장에 있습니다. 오딘이시여, 엘프들의 여왕이 직접 군단을 이끌고 참전했습니다. 그리고 더 그레이트 블루가 부활하여 오시리스가 대적 중에 있습니다. 정황상 더 그레이트 실버 또한 부활했을 것으로 의심이 되나 현재까지는 확인된 바 없습니다."

결국 오르까의 말이 사실이었던 건가.

그렇다면 조나단이 사회에 충격을 떨어트릴 수밖에 없었던 까닭이 납득이 된다. 아니, 공감을 해야 한다.

어쨌거나 엔테과스토는 엘슬란드의 장벽을 넘지 못했다.

엔테과스토의 엘슬란드 침공은 사형에 준하는 형벌이었지, 애초부터 둠 카오스 님은 엔테과스토에게 그걸 기대하고 보낸 것이 아니었다.

엔테과스토는 신격을 잃었다. 그리고 적대 진영의 초월체들이 준동을 시작했다.

오르까가 내게 알려왔던 전황들은 전부 사실로 드러났다.

부활할 때까지 아무도 나를 찾지 않았었다. 연희는 이태한은 물론 조나단에게까지 라이프 베슬의 위치를 알리지 않았다.

협회 별동 그러니까 오르까의 성은 하루가 다르게 마루카 일족이 불어났었다.

오르까가 탄생시킨 이족 보행의 자식들은 또 다른 자식들을 번식시켰고.

마루카 일족의 유기물로 뒤덮인 지 오래였던 별동의 외벽은 단순히 덮어진 것을 넘어서 오르까의 힘이 스며들기 시작했다.

게다가 각 층마다 또 각 방마다 역할을 세분화하여 오르까의 침전까지 경비가 강화되었다.

그런데 정작 오르까는 아무런 하는 것도 없이 왕좌에 늘어져 있는 경우가 많았다. 처음에는 게으름을 피우는 줄 알았다.

그러나 머지않아 게을러 보이는 행동의 정체를 알게 됐다.

녀석은 제 일족의 기억 창고를 통해 마루카 일족의 진짜 본토와 이계의 죽음의 대륙에 존재하는, 마루카 최고의 원종(原宗) 둘과 교류를 하고 있는 것이었다.

하루는 오르까가 혼잣말로 이렇게 중얼거린 적이 있었다.

> "우리는 받아들이지 않았다. 이족(異族)의 신, 둠 엔테과스토를 우리의 신으로. 둠 엔테과스토는 위대한 존재의 버림을 받았다. 버림받은 신이다. 잃었다. 신격을. 엘슬란드에서."

부정확한 발음에 쪼개져 나온 말이었으나, 당시에 나는 녀석이 전하고자 하는 뜻만큼은 제대로 전달받을 수 있었다.

이태한이 보고하기 시작한 이계의 전황은 오르까의 중얼거림들과 일치한다.

"장비들은 어디까지 수거되었지? 뼈 반지는 수거되었나?"

뼈 반지에 대해서부터 물었다. 그때 이태한이 지도 한 장을 건네왔다.

전황이 간략하게 요약된 지도.

거기에는 내 아이템들이 수거된 상황도 포함되어 있었다. 오딘의 황금 갑옷은 수거되었고 제우스의 뇌신 창은 파괴된 채로 방치되었다.

목걸이 루네아의 빛과 귀환석은 발견되지 않았다.

"뼈 반지는 구원자의 도시민들이 지키고 있습니다."

내 권능이 직접적으로 서린 것이라 접촉이 불가능했을 것이다.

한결 마음이 놓였다. 비로소 지도에 담긴 전황이 한눈에 들어왔다. 전선은 엘프 군단의 남진으로 한층 아래로 내려앉아 있었다.

"뼈 반지를 발견한 게 언제였지?"

지도상, 뼈 반지는 섹터 22에 위치한다.

섹터 41부터 46까지 펼쳐진 전선과는 한참 떨어진 위치.

48	47	46	45	44	43	42	41
40	39	38	37	36	35	34	33
32	31	30	29	28	27	26	25
24	23	22	21	20	19	18	17
16	15	14	13	12	11	10	9
8	7	6	5	4	3	2	1

섹터 42—46 : 전선

섹터 45 : 그린우드 원정대 본진

섹터 43 : 엘프 군단 본진

섹터 36 : 언데드 군단 본진

섹터 33: 각성자 본진

섹터 28 : 더 그레이트 그린이 죽은 곳.

섹터 27 : 올리비아 공격대 진입 지역

섹터 23 : 강력한 힘의 파장이 미치는 근원지, 파괴된 창이 방치된 지역

섹터 22 : 구원자의 도시민들 진입 지역. 뼈 반지 보관지역.

섹터 7 : 불의 정령왕이 출몰했던 지역. 흉갑이 회수된지역.

섹터 1: 각성자 전초기지

"7일 전쯤이었습니다."

엘프 여왕이 엘슬란드를 떠나 참전해 온 까닭은 의심할 여지가 없다. 간접적이든 직접적이든 올드 원이 내린 신탁에 의해서였을 터.

더 그레이트 블루와 더 그레이트 실버가 엔테과스토의 패배로부터 어떤 부활을 맞이한 것도 기정사실.

현재 오시리스가 더 그레이트 블루를 상대하고 있다면 실버는 어디에 있을까? 또한 블랙은?

그 두 고룡은 전선을 쓸어버리지 않고 행적이 묘연하다.

물론 부활한 고룡은 블루가 유일하다고 가정해 볼 수 있다. 블랙은 엔테과스토와 치른 전투에서 부상을 입었다고 가정해 볼 수도 있다.

하지만 어디까지나 내게 유리한 가정일 뿐, 그것들이 전선에 가담하지 않은 채 모종의 계략을 꾸미고 있을 거라는 계산을 한다면…….

틀림없다. 나를 급습할 기회를 노리고 있을 공산이 높다.

그렇다면 그것들이 매복하고 있을 장소가 어디겠는가.

SSS급 뼈 반지가 떨어진 지역!

부활한 내가 제일 먼저 들를 곳이 거기일 수밖에 없을 테니까.

그렇다면.

지금부터 해야 할 일은 분명하다.

Chapter 4.

"나는 아직 부활하지 않은 것이다."

이태한은 내 뜻을 대번에 이해했다. 적어도 그의 입을 통해 각성자들에게 알려지는 일은 없을 것이다.

이태한을 물리친 다음이었다. 이제 둠 카오스 님께 기도를 올릴 차례다. 그분께서 부디 내 계책을 인가해 주시길 바란다.

바닥에 양 무릎을 꿇고 위대한 영역에서 존재하고 있을 그분을 향해 순종의 목소리를 냈다.

"전지전능한 나의 주인이시여. 당신의 종이 뵙고자 청하옵니다."

과연 그분께서는 내 목소리를 들어주셨다.

**[전지전능한 당신의 주인, 둠 카오스께서 당신을 소
집하였습니다.]**

쏴악—!

아래 계단들은 텅 비어 있었다. 칠흑의 장막을 바로 위에
둔 계단에서였다.

지금 요구한다면 신격을 잃은 엔테과스토의 위치로 초청
받을 수 있을 것 같았다. 그러나 그걸 요구하기 위해서 온
게 아니다.

오히려 반대라 할 수 있었다. 이동되면서 흐트러진 자세
를 바로 고쳤다. 다시금 양 무릎을 바닥에 붙이고 조용히
읊조렸다.

"더 그레이트 실버와 블랙이 당신의 종을 급습할 기회를
노리고 있다, 의심됩니다. 당신께서 올드 원과 겨루셨던 인
근에서 말입니다. 당신의 눈으로 보건대 그것들이 과연 거
기에 숨어 있는 게 맞습니까?"

대답이 없었다. 둠 카오스 님을 곤혹스럽게 만드는 질문
일 수 있었다.

엔테과스토가 자행했던 일만 봐도 알 수 있는 일이다. 둠

카오스 님이라도 확인 불가능한 영역이 있는 것인데, 내가 너무 성급하게 접근한 것이 아닐까 한다.

아무래도 중간 과정들을 생략해야 할 것 같았다. 정황상 그러할 공산이 높은 일을 두고, 구태여 둠 카오스 님을 곤혹스럽게 만들 이유는 없었다.

가뜩이나 나는 엔테과스토가 옛 언데드 엠퍼러를 찢어 놓을 수밖에 없었던 이유를 경계해야 하는 처지다.

시간을 되돌릴 수 있는 힘까지 거머쥐었지 않은가. 그 힘을 경계하는 건 비단 올드 원만이 아니리라. 둠 카오스 님께서도······.

"엔테과스토가 신격을 잃은 뒤로 더 그레이트 블루의 부활이 확인되었습니다. 실버의 부활까지도 의심해 봐야 합니다.

성 제이둔이라 알려진 더 그레이트 레드는 부상을 떨치지 못한 상태라 아직은 우리 진영에 위협이 되지 않습니다. 성 카시안이라 알려진 더 그레이트 골드는 당신께서 염두에 두고 있다 사료됩니다.

그러나 정녕 실버가 부활하였다면 현존하는 블랙까지 보태, 당신의 종은 그것들을 동시에 대적해야 합니다. 한데 당신의 종이 부활을 기다리는 동안 그것들은 만반의 준비를 해 두었을 것입니다.

당신의 종이 반드시 있을 수밖에 없는 곳에 강력한 어떤 장치를 심어 뒀을지도 모를 일입니다.

전지전능한 나의 주인이시여. 당신의 종이 청하나이다."

결론은 그분의 의심을 사기에 충분한 부분이었다.

그래서 나는 정말로 조심스럽게 접근했다. 마저 말했다.

"당신의 종에 서린, 당신의 위대한 힘을 거둬 주소서."

*　　　*　　　*

장막은 한 점 흔들림이 없었다. 그러나 한순간에 시작된 파동은 지금껏 보아 온 어떤 경우보다 흔들림이 거셌다.

더 늦기 전에 황급히 말을 뱉었다.

"당신의 힘이 미친 지금대로 전장에 진입하였다간 제 행적이 발각될 수밖에 없는 일입니다. 당신께서 위대한 힘을 거둬 주신다면 당신의 종은 은밀히 진입하여 적들의 준비를 무력화시킬 수 있을 것입니다.

비록 정신세계에서나마 엘슬란드의 한 일원이 되어 본 적이 있습니다. 추후 엘슬란드를 공략하기 위해 그것들의 능력을 정탐하는 데 매진하였던 세월이기도 합니다.

해서 드리는 말씀입니다.

엘슬란드의 홀리 나이트들은 당신의 종들이 진입한 즉

시, 인지할 수 있는 능력을 가지고 있습니다."

각성자들의 특성, 탐험자와 영락없이 닮은 능력으로서다.

"애초부터 그것들은 당신의 종이 진입하지 못하도록 결계를 완성시켜 뒀을지도 모를 입니다. 아직 시험해 보지는 않았습니다.

하지만 판단한 바로는 엘슬란드와 올드 원 진영의 초월체들이 준비할 수 있는 계책은 다양했습니다.

저는 부활을 기다리는 동안 내내 그 생각뿐이었습니다. 당신께 승리를 바쳐 전공을 세울 생각뿐이었습니다.

그동안 엘슬란드가 그린우드를 방치한 것은 당신의 종과 당신의 군단들을 관찰하기 위함이 아니었을지도 모릅니다.

하지만 이제 그것들이 준동을 시작했습니다.

전지전능하신 나의 주인, 둠 카오스시여.

저는 전장의 최고 지휘관입니다. 그리고 당신의 종들 중 저만 한 것은 없습니다. 제가 적들의 계략에 빠진다면 그땐 누가 저를 대신할 수 있겠습니까."

장막의 흔들림이 천천히 가라앉고 있었다.

"고작 그린우드의 한 땅에서 시작된 전쟁이지만 반드시 거기에서 승리를 쟁취해야 하는 까닭은 앞으로의 전황이 달려 있기 때문입니다.

당신께서 올드 원과 싸우신 여파가 잔존해 있는 지역에 올드 원의 무엇이나, 당신께서도 미처 수습하지 못한 어떤 것이 떨어져 있다고도 사료됩니다.

제가 아니라면 정녕 누가 그것을 수습하여 당신께 바치겠습니까. 둠 마운이겠습니까. 둠 카소겠습니까. 아니면 이름만 남은 둠 엔테과스토겠습니까.

사족이 길었습니다.

하지만 이것이 가능한 모든 수단을 다 동원하여 적들을 무찔러야만 하는 이유인 것입니다.

당신의 종에 서린 당신의 위대한 힘을 거둬 주신다면 적들의 시선이 미치지 않는 곳에서! 적들의 계략을 파헤치고, 적들의 준비를 수포로 돌릴 것입니다.

만일 당신의 종이 쓸데없는 걱정에 빠져 있다 생각하신다면 지령을 내려 주소서.

지금 이대로 참전하여 엘프 여왕의 목을 당신께 바치겠나이다.”

장막의 움직임에서 눈을 떼지 않고 있었다. 한 줌의 미동조차 완전히 사그라져 버린 거기에서는 침묵만이 흐르기 시작했다.

절대의 영역에서 존재하는 둠 카오스 님이라도 고심이 필요한 사안일 수밖에 없는 것이다.

왜냐하면 내게 미친 둠 카오스 님의 힘을 거둬들여 달라는 요구는!

결국 내게 가해진 속박을 제거해 달라는 요구이기 때문이다.

하지만 그것이야말로 둠 카오스 님의 쓸데없는 걱정이리라. 내가 왜 둠 카오스 님에게 대척하겠는가. 본토의 안전이 어디에서 비롯되고 있는데?

가뜩이나 엔테과스토까지 낙마(落馬)한 때, 내 앞엔 장엄한 길이 펼쳐져 있었다.

여기에서 전공을 세우면 나는 장막 위로 진출한다. 그러고 나면 둠 아루쿠다의 진짜 면모를 확인할 수 있다. 놈을 제거할 방법을 목전에 둔다.

장막에서 시선을 뗐다.

고개를 조아리며 둠 카오스 님의 용단을 기다렸다. 그렇지만 아무리 기다려도 침묵뿐이었다. 결국 다시 입술을 뗄 수밖에 없었다.

"감히 말씀을 올리겠습니다. 당신의 종은 루네아 잡것이나 엔테과스토와는 다릅니다.

의심하지 마십시오.

당신의 종이 제일 두려워하는 것은 당신이며 그다음으로 두려워하는 것은 본토가 다시 전장으로 돌변하는 것입니다.

제가 당신을 대척하고 나면 결과는 분명합니다. 당신께 선 제 본토에 당신의 종들을 보내시겠지요. 그리고 올드 원도 같은 짓을 할 것입니다.

맹세합니다.

실버와 블랙을 처치하고 나면 반드시 당신께 귀의하겠습니다. 그때가 되면 제 전공을 높이 사 주십시오.

그리고 마지막으로 마왕성(魔王城)은 제 군단의 본진에 세워 주십시오."

이제 내가 할 수 있는 것은 기다리는 것뿐이었다. 거짓 하나 없는 진심이라서 설사 정신세계를 까발려 놓을지라도 꺼릴 게 없었다.

한편 둠 카오스 님의 깊은 고심에는 끝이 없어 보였다.

긴 시간이 지난 뒤 마침내였다.

[인간 군단의 성채가 섹터 33(그린우드 대륙 중부)에 건립 되었습니다.]

그 메시지는 둠 카오스 님께서 내 뜻을 용인해 주시겠다는 분명한 증거였다.

우리 세계에 '장고 끝에 악수 둔다.' 라는 말이 있지만, 지금에는 통용되지 않는 말이다. 그렇다. 둠 카오스 님은 바른 결단을 한 것이다.

[공통 권능 '본체 강림'이 제거 되었습니다.]
[공통 권능 '게이트 생성'이 제거 되었습니다.]
[공통 권능 '정화'가 제거 되었습니다.]

[둠 맨의 제사장들에게서 의례 '황금만능주의'가 제거 되었습니다.]

[둠 맨은 추방 되었습니다.]

~~[이름: **화신(化身)** 나선후 레벨: 641 (오버로드) * 2 회차 *]~~

[이름: 나선후 레벨: 641 (오버로드) *** 2회차 ***]

둠 카오스의 검은 권능이 내 몸에서 빠져나가는 게 보였다.

*   *   *

이태한의 집무실로 던져진 직후에야 의도적으로 집중하

고 있던 생각들을 그칠 수 있었다. 그렇게 진심을 억누를 필요가 없어졌다.

빌어먹을 둠 카오스 놈.

놈을 내 몸 안으로 받아들였던 일은 이번으로 고작 한 번뿐이었는데, 나는 애송이 각성자가 저주에 걸린 것처럼 굴고야 말았다.

놈을 진심으로 위대하다 생각하고 추종해 버리다니.

놈에게 보였던 언행이나 스스로 가졌던 생각들 때문에 금세 낯이 뜨거워졌다.

카오스를 내 몸으로 불러들였던 당시, 그토록 저항했지만 결국 세뇌의 영향에서 완전히 벗어나지 못했던 것이다.

그때 문 바깥에서 대기하고 있던 이태한이 뛰어 들어왔다. 이내 곧 나를 확인한 그는 안심한 듯한 얼굴이 되었다.

그러면서 말한다.

"제사장의 힘을 잃었습니다. 의례, 황금만능주의에 해당하는 것 같습니다."

"지금부로 우리는 칠마제 군단에 속하지 않는다. 하지만 변한 건 없다. 올드 원 진영은 여전히 우리의 적이니까."

이태한이 내게 뭔가를 더 물으려고 할 때, 그가 핸드폰을 꺼내 들며 말했다.

"염마왕입니다."

이태한은 본인에게 걸려 온 전화였지만 그걸 내게 넘겼다.

통화 버튼을 누르자마자 조나단의 급박한 목소리가 튀어나왔다.

⟨ 라이프 베슬! 라이프 베슬! 어서 말햇! 이태한. 지금 당장! 알고도 감추고 있는 것이라면 네 놈부터 불살라 주마! ⟩

이태한은 몰라도, 조나단에게까지 라이프 베슬의 위치를 알리지 않은 것은 실수다. 연희도 여기를 떠나기 전에는 그에게 알려 뒀어야 했다.

⟨ 네놈도 느꼈을 테지! 오딘의 신변에 문제가 생겼다! 지금 시간부로 본토 따윈 전시 체제에 돌입한다. 모든 인력과 모든 물자를 총동원하여 지금 당장……. ⟩

"진정해. 난 이상 없다."

직전에 장막에서 느꼈던 침묵이 이번에는 핸드폰 너머에서 느껴졌다. 조나단답지 않은 옅은 호흡 소리만이 거기의 전부였다.

"잠시 칠마제 군단에서 이탈한 것뿐이야."

〈 사람 놀래키는 재주는 여전하군…… 부활한 걸 축하한다, 썬. 〉

"우리 부모님을 챙겨 드린 건 있지 않으마."

〈 대중들에게 전황을 공개한 것은 불가피한 선택이었다. 〉

"전부 네게 맡긴 거야. 지금도 앞으로도, 네가 본토의 주인이다. 한 입으로 두말할 생각은 조금도 없어."

〈 그거 안심이군. 하지만 어디까지나…… 아니다. 축하 인사는 이쯤 해 두지. 전황이 안 좋아. 〉

"끊지 말고 들어, 조나단. 나는 네게 본토를 맡겼다. 나보단 본토가 최우선이 되어야 하는 것이다. 네 입에서 '본토 따위'의 말은 듣고 싶지 않아. 설령 내가 잘못되더라도. 만일 나와 본토를 놓고 선택해야 할 순간이 올지라도. 반드시 본토를 선택해야만 한다."

〈 알 텐데? 불가능하다. 〉

"조나단."

〈 본토는 전적으로 네게 의존되어 있다, 썬. 그걸 잊지 말
도록. 네가 심각한 위험에 빠지면 나는 할 수 있는 모든 걸
총동원할 수밖에 없다. 내게 맡긴 권한을 최대한 활용하여. 〉

"……."

〈 최악의 가정이다만, 그때는 그게 본토를 지키는 유일
한 방법인 것이지. 그러니 썬. 반드시 이겨라. 〉

*   *   *

이태한은 홀로그램 외에도 육안으로 확인할 수 없는 추가
보안 기술들이 접목되었다는 설명을 늘어놓는 중이었다.

「이름: 나선후

등급: 정회원 / 레벨: 281 / 소속: 안전국

— 세계 각성자 협회—」

신분증 앞면에는 협회 로고인 허공을 움켜쥔 주먹이 홀

로그램으로 박혀 있고 뒷면에는 조나단 투자 금융 그룹의 계열사 중 한 곳인 SOB(Sun Of Bank) 로고가 조그맣게 새겨져 있다.

신분증에 IC 칩이 박혀 있는 것이 그저 장식만은 아닌 것이, 협회에서 발급하는 이 신분증은 SOB 계좌와 연동되는 현금 카드 역할도 하고 있었다.

각성자를 포함한 모든 협회원들은 오로지 SOB 계좌만 이용해야 한다는 강령이 시행된 건 부활을 기다리는 동안이었다.

피하에 마이크로칩을 이식시킨 것에 보태 각성자들의 현금에까지 꼬리표를 부착해 놓은 것이다.

추적에 용의하도록.

"각성자 나선후는 안전국 요원 중 한 명으로 '추방팀'에 속합니다."

"추방팀?"

"각국의 특수 부대들과 함께 협회의 반역자들을 체포하여 전장으로 보내는 일을 하고 있습니다."

기존의 비등록 각성자들은 두말할 것도 없다. 문제는 협회원 소속이었다가 팔에서 스스로 마이크로칩을 제거한 것들이다.

대개 그것들은 이계의 전장을 시작의 장과 동일하게 여

기는 것들로 내 이름으로 포고령이 떨어졌음에도 불구하고 끝까지 본토에 잔존한 것들이었다.

그 수가 소요 사태로 번질 만큼 많지 않은 게 다행이라면 다행.

하지만.

"군인들에게 각성제를 지급했었나?"

이태한의 설명이 필요 이상으로 길어지고 있는 까닭이 거기에 있었다.

"클럽의 결의였습니다."

용병들이 자의로 각성제를 투약한 일과 국가에 헌신하고 있는 군인들에게 각성제가 지급된 일은 엄연히 구분될 수밖에 없다.

조나단은 지나친 감이 있었다.

직전의 통화에서 그가 했던 말은 빈말이 아닌 것 같았다. 내게 문제가 생기면 전 인류를 총동원하여 결말을 보겠다는 말.

이태한에게 현재 비축하고 있는 각성제의 수량과 목표로 하고 있는 수량에 대해서도 묻고 싶었지만 묵인해야 할 일이었다.

조나단은 그가 처한 환경에서 어쩔 수 없는 선택을 한 것이고 이후의 대비도 종말의 세계를 가정하고 있는 것뿐이니까.

그때 이태한은 내 침묵을 불편하게 여기는 기색이었다.

"프로젝트 '셧 다운(Shut Down)'입니다. 클럽의 결의에 따라 협회에서는 전 인류에 투약할 수 있을 수준의 각성제를 비치……."

그는 눈치가 빨랐다.

"그만."

나는 화제를 돌렸다.

"내 신분을 보다 견고하게 위장시켜 줄 자들이 필요하다. 그들도 내가 누구인지 몰라야 하지."

"일본계 각성자들은 어떻습니까? 마침 그들 중 한 그룹이 귀환해 있습니다. 일 주 전에 뼈 반지를 발견하는 데 혁혁한 공을 세운 그룹으로. 당시에 귀환하여 지금까지 도쿄에서 대기 중에 있습니다."

이태한이 마저 말했다.

"하지만 오딘이시여. 어떤 위장으로도 초월체들의 눈을 가리기는 어렵지 않겠습니까?"

그래서 나는 철저하게 각성자, 나선후가 되어야 하는 거였다.

보라.

두 번의 죽음을 거치며 깨달은 것들이 있다. 봉인된 동안 고찰해 온 것들과 나를 속박하고 있던 둠 카오스의 권능이 빠져나가면서 그 생각들은 비로소 완성을 맞이했다.

그중 하나는 엔테과스토가 본인의 육체 일부분을 아이템화시켰던 방법에 대한 것.

엔테과스토가 그러할 수밖에 없었던 까닭은 무(無)에서 유(有)를 창조할 능력이 없기 때문이었다.

그렇다고 현존하는 다른 기물에 강력한 힘을 집어넣기에도 무리일 수밖에 없는 것이, 어떤 기물도 우리들의 힘을 버틸 수 없기 때문이다.

그래서 이 몸의 힘을 집약시킬 수 있는 재료로는 내 본연의 육신만 한 게 없는 것이다.

나는 이태한에게 몇 가지 지시를 내린 뒤 협회의 비밀 제단실로 이동했다. 내 황금갑옷이 거기에 안치되어 있다 했다.

"협회장실 직하(直下)의 부처에서 게이트 실험을 준비하고 있습니다. 곧 건물 내외부에 큰 충격이 있을 것입니다. 전 임직원들과 관계자 여러분들께선 안내에 따라 대피하여 주십시오. 이것은 실제 상황입니다. 반복합니다. 실제 상황입니다. 게이트 실험이 진행……."

이동하는 도중, 외부에선 안내 방송이 여기까지 흘러들어 왔다.

그 소리도 이내 몇 개의 보안 문을 거치면서 완전히 차단 되었다.

이윽고 내 주력 아이템인 흉갑을 회수한 직후였다.

　[오딘의 절대 전장이 개방 되었습니다.]

곧 일어날 충격은 시간 역행의 인장을 만들 때와 크게 다르지 않다.

결계에 흠집이 가해질 것이며 거기에 조금만 지체한다면 바깥이 내 힘으로부터 무사할 수 있을지는 확신할 수 없다.

그럼에도 불구하고 협회 내부에서 이 작업을 강행하는 까닭은 다른 게 아니었다.

이곳만큼 비밀스러운 장소가 없기 때문이면서 마나를 다루는 내 능력은 완전히 무르익었기 때문. 그러니 이제 염두에 두어야 할 것은 하나다.

내 신체의 무엇을 재료로 쓸지에 대해서.

　　　　*　　　*　　　*

권능을 담당하고 있던 영역.

[특전 '2회차'가 제거 되었습니다.]

그리고 특전을 담당하고 있던 영역을 뽑아내는 것이 첫 과정이었다.

~~[경험치를 잃었습니다.]~~
[껍질에서 마나를 끄집어냈습니다.]

[레벨이 하락 했습니다.]
[변동 레벨: 641 → 600]

이어 내 힘의 근원들이 손끝으로 자라나 세상 밖으로 나오고 있었다.

드드드.

결계가 흔들리기 시작했다.

[변동 레벨: 600 → 520]
……
[변동 레벨 : 300 →281]

오버로드 구간에서 플래티넘 구간 선까지 뽑아낸 힘들을

한곳으로 응축시킨 것에, 각 특성과 스킬들에 서려 있던 힘 또한 그에 준하게 끄집어냈다.

본격적으로 결계에 금이 가는 게 육안으로 확인될 때.

내 안의 시스템이 계획을 자연히 받아들였다.

본토의 정의에 따른다면 동기화라고 불려도 손색이 없는 단계다.

[무엇을 아이템으로 변환하겠습니까?]

이미 권능의 힘을 다 뽑아냈지만.

그래도 그 힘을 사용할 수 있는 상황이었다면 엔테과스토처럼 늑골을 재료로 사용해도 문제가 없을 것이다. 혹은 더 그레이드 레드처럼 심장을 사용해도 생명에 지장이 가지 않는 방법이 존재하며 오히려 권장할 부분이다.

그러나 이 몸의 권능을 담당하고 있는 영역은 둠 카오스 놈이 제 모든 힘을 다 거둬들였음에도 불구하고 봉쇄되어 있는 상태였다.

정확히 말하자면 일종의 흉터처럼 굳어진 어느 현상에 의해서 예전과 동일했다.

그래서 심장이나 체내의 어떤 장기, 그리고 뼈는 아이템 재료로 사용할 수 없었다. 그랬다가는 결과가 뻔하니까.

그렇다고 새끼손가락 하나를 재료로 사용하기에는 그릇이 터무니없이 작았다.

팔 하나를 통째로 사용하든지 아니면 발 하나를 바치든지. 그것도 아니라면…….

[1. 오른팔 2. 왼팔 3. 오른 다리 4. 왼 다리 5. 왼 눈
6. 오른 눈]

선택은 어렵지 않았다.

[왼 눈을 선택 하였습니다.]

이를 악물었다. 예상했던 고통이 그대로 그곳을 타격해 들어왔다.

한쪽 눈알이 통째로 뽑혀 나가는 고통은 나도 어쩔 수 있는 것이 아니었다. 몸이 바들바들 떨려 대는데, 체력 수치가 플래티넘 구간까지 떨어져 있는 상태라 아물기까지는 꽤 오래 걸리리라.

크으윽.

불을 뒤집어쓴 것처럼 온 세상이 시뻘겋게 보였다. 한참 뒤였다.

시뻘겠던 세상이 간신히 본래의 세상으로 돌아오면서 발 앞에 고여 있던 핏물이 드러났다. 그 위로는 메시지가 덮어 씌워져 있었다.

[알 수 없는 아이템 입니다. (캐안:LV.3) (탐험 자:LV.3)]

[* 올드 원의 체계에는 존재하지 않는 아이템 입니 다.]

[새로운 아이템 명을 지정해 주십시오.]

[아이템 '오딘의 왼 눈'이 생성 되고 있습니다.]

툭!

그렇지 않아도 아래로 향해 있던 시선이었던지라 그것이 얼굴에서 떨어져 나왔을 때의 속도는 꽤나 빨랐다.

한참이나 저하된 민첩으로는 낚아챌 수가 없었다. 그것이 바닥의 핏물에 빠지고 난 뒤에야 제대로 확인할 수 있었다.

신경 다발이 달라붙어 있지 않았다. 신의 솜씨에 이른 어 느 의사에 의해 도려진 것처럼 깔끔했고 동공은 나를 향해 있었다.

[아이템을 간파하지 못했습니다. (개안: LV.3)]

[오딘의 왼 눈 (아이템)

　오딘의 주력을 이루고 있던 힘들이 압축되어 있습니다. 오딘의 권능이 깃들어 있으며, 눈알로 뽑혀 나왔던 당시의 강인한 의지 또한 깃들어 있습니다.

　아이템 등급: ?

　아이템 레벨: ?

　효과: 권능 저항력 + ?% 영혼 저항력 + ?% 그 외 모든 저항력 + ?? 특전? 특전? 모든 능력치 + ?

　물리 방어력: ?

　마법 방어력: ?]

　하지만 물음표들이 지워지기까지는 그리 오래 걸리지도 않았다. 내가 내 육체로 내 힘을 담보로 만들어 낸 아이템이다.

　어떻게 구성되어 있는지 왜 모를까.

[아이템 등급: ???]

[아이템 레벨: ???]

[아이템 등급: SSS]

[아이템 레벨: 700]

*　　　*　　　*

눈알이 뽑힌 쪽에서 빨리 끝내고 치료를 받으라며 재촉
해 댄다.

하지만 진짜 중요한 건 이다음부터다.

아이템에 서려 있는 힘은 매우 강력해서 뿜어내는 기운
에 의해 외부로 노출될 수밖에 없다. 이대로는 내 주력된
힘들을 추출해서 아이템을 만들어 낸 의미가 없어지는 것
이다.

부활을 기다리는 내내 나는 고독했었다. 오르까의 시간
은 우리 인류보다 몹시 느리게 흘렀다.

덕분에 세뇌에 대해 생각할 수 있었다.

더 강해질 방법을 고찰할 수 있는 시간이었으며, 올드 원
이 뿌려 댔던 설계도들을 연구할 수 있는 시간이기도 했다.

개봉되기 전까지는 그 정체를 알 수 없도록 하는 설계는

'서왕모의 만년지주 알'에 있었다.

사용하기 전까지는 아무런 능력조차 없는 알에 불과한 것.

랜덤 박스도 비슷한 체계를 가졌다.

그렇게 올드 원은 본인이 가능한 영역을 기존의 시스템 체계에 많이 남겨 뒀었는데, 내가 그것들을 흡수할 수 있는 경지에 도달할 거라고는 차마 예상하지 못했기 때문일 것이다.

어쨌거나 아직은 핏물에 빠진 내 눈알을 집어 들 수 없었다.

바라보고 있는 것만으로도 오금이 저리는 힘이 미치고 있었다. 내 힘으로 만들어진 것이지만 지금의 나를 압도하는 힘이 집중된 상태.

그리고 처음의 구상대로 완전히 완성된 게 아니었다. 지금도 진행 중이다.

눈알은 서서히 달라졌다. 수정체는 딱딱해지며 돌 같이 변해 갔고 동공도 무늬 형태로만 남게 되었다.

[오딘의 왼 눈]
[정체불명의 돌]

[정체불명의 돌 (아이템)

사용하기 전까지는 정체를 알 수 없는 돌입니다.

아이템 등급: ?

아이템 레벨: ?]

그것을 집어 들고 나왔을 때 이태한이 나를 기다리고 있었다.

그때까지도 왼 눈이 위치해 있던 부위에서는 피가 흘러나오는 중이었다.

"안대가 필요하시겠습니다, 오딘이시여."

그러고 보니 북유럽 신화의 오딘 또한 외눈이었던가.

*　　　*　　　*

우리의 치유 인장이나 스킬과 크게 다를 바 없는 것이 성(聖) 드라고린에 있고 우리에게도 부작용이 없었다.

내 눈을 아물게 만든 포션은 성 드라고린에서도 상급으로 취급받는 포션이었다.

"좀 어떠십니까?"

이태한이 돌아왔다.

그의 손에는 안대가 들려 있었다. 그가 그것을 내게 내밀었을 때 나는 그의 움직임을 따라잡을 수 없었다.

그래서 눈 깜짝할 순간에 그가 내 안의 거리로 난입하는 것처럼 느껴졌다.

하물며 그에게서 은연히 풍겨 오는 위압감은 두말할 것도 없이 진짜였다. 나는 진짜로 간신히 브실골을 면한 처지, 플래티넘 각성자 나선후가 되어 있었다.

강약(强弱)이란 상대적인 법.

지금 이 순간 이태한 또한 내게는 범접하지 못할 존재로 격상되어 있었다.

이게 바로 보통의 각성자들이 이태한을 바라보는 시선일 터.

실제로 이태한은 마음만 먹는다면 나를 제거할 수도 있는 위치에 있었다. 어디까지나 돌멩이에 불과해 보이는 내 힘의 응집체를 내 몸에서 떨어트려 놓는 데 성공할 경우에!

현재 그것은 의안(義眼)처럼 왼 눈구덩이 속에 박혀 있는 상태다.

언제고 즉각적으로 사용할 수 있도록. 그렇게 무엇으로 부터 피습당하는 순간 바로 방어막부터 튀어나올 수 있도록.

나는 어떤 것들처럼 머저리가 아니다.

　　　　　*　　　*　　　*

　도쿄에서 날아오고 있는 일본계 각성자들을 기다리는 동
안.

　본토가 돌아가는 사정들을 대략적으로 알 수 있었다.

　조나단은 차명 계좌를 사용한 바를 자백한 것으로 시작
된 재판에서 15억 달러라는 천문학적 벌금형을 선고받았다.

　하지만 우리의 부(富)에는 조금의 생채기도 낼 수 없는
수준일 뿐이고 여론은 도리어 미 사법부를 향한 비난 일색
이었다.

　조나단에게 유죄라는 딱지를 붙여 버린 것에 대해서 말
이다.

　대중들은 조나단과 협회에 우호적으로 돌변했고 소수가
내는 목소리는 조금도 귀담아듣지 않고 있었다.

　어디 그뿐인가.

　평소라면 대중들이 다 들고 일어날 결의들이 혼란한 정
국을 틈타 속결되어 있었다.

　로건법 폐지로 클럽은 언제고 양지로 올라올 수 있는 제
도적 장치를 마련했다.

　조세 회피처들의 규제를 폐지함으로써 금융 제국은 난공
불락의 요새를 세웠다.

그리고 마지막으로 반(反)독점법 폐지.

시작의 날에서 파생된 조나단 투자 금융 그룹의 독점적 시장 영향력은 더 이상 법으로 손댈 수 있는 영역이 아니게 되었다.

대중들은 그네들의 강력한 무기를 잃은 것이다. 아니, 빼앗긴 것이었다.

긍정적으로 평가하자면…… 내가 금융 제국의 반석을 다져 대들보까지 쌓아 놓았다면 조나단은 그 위에 천장을 완성시켰다고 할 수 있었다.

바야흐로 인류는 초(超)국가적 거대 자본으로부터 통치를 받는 시대에 접어들었다. 그 진실을 규탄하는 소수의 목소리는 처참하게 무시되거나 묵살된다.

하지만 일개 대중들 한 명 한 명의 삶은 전과 다름이 없으리라.

우리 인류의 역사는 언제나 그래 왔으니까.

조나단을 믿을 뿐이다.

* * *

이윽고 내 위장을 더욱 공고히 해 줄 자들이 도착한 모양이었다.

"올려 보내도록."

이태한이 전화를 받으며 바라보고 있는 창밖에는 그네들이 탄 헬기가 착륙하고 있었다.

나는 후드를 끌어올렸다.

네크로맨서 로브가 남아 있다면 더할 나위 없이 좋았을 테지만 그것은 2막 4장에서도 얼마 나오지 않은 희귀템이다.

그래도 후드를 눌러쓴 데다 안대까지 착용한 상태에서 나를 알아보기란 쉽지 않을 것이다. 어차피 이계로 진입하기만 하면 이 평범한 셔츠에 위장용 마법을 부여할 수도 있다.

노예 신세와 하등 다를 게 없는, 이계의 고위 마법사들을 통해서.

곧 이태한의 집무실에 한 명만 들어왔다. 계집이었다.

리더급들 중에서 여성은 네크로맨서의 로브만큼은 아니더라도 꽤 보기 드문데, 계집의 인상을 보자 알 수 있었다.

그녀가 시작의 장에서 어떤 풍파를 견디고 나왔는지 말이다.

수십 년에 이르러 완성된 계집의 인상은 어쩔 수 없는 것이었다. 하지만 이태한을 목전에 두었을 때, 계집의 눈동자가 파르르 떨렸다.

눈뿐만이 아니다. 흐느낌만 없을 뿐이지 계집은 울고 있는 것과 다르지 않았다.

정말로 쿡 찌르면 울음을 터트릴 것처럼 보였다.

"코…… 코바야시 사에카이므니다."

살쾡이처럼 사나웠던 눈매는 한순간에 허물어졌다. 계집은 협회 총본부 그것도 협회장의 집무실까지 입성한 것에 스스로 감격하고 있었다.

이태한의 집무실은 오르까의 별동만큼이나 성역으로 알려져 있다.

각성자 누구도 이태한의 집무실에 직접적으로 발을 디딘 경우가 없었다.

이태한이 누구의 접근도 불허한 까닭은 간단하다. 내가 들락날락하기도 하지만, 우리들의 귀환석이 이태한의 집무실을 귀환 장소로 설정해 두었으니까.

그런 성역에 이 계집은 각성자 최초로 초대된 것이었다.

"한국어를 할 줄 아나?"

"조금 배웠스므니다."

"少しでは無理だ.これからは気を使って体得しておかなければならないだろう.(조금으로는 어림없다. 앞으로는 신경 쓰고 체득해 두지 않으면 안 될 것이다.)"

이태한의 일본어는 능숙했지만, 시작의 장에서 습득한

건 아닐 것이다.

어쨌든 계집의 얼굴은 더 큰 감격으로 물들었다. 사실 내가 요청하지 않았어도 계집의 초빙은 예정되어 있었다.

이 계집이 리더로 있는 그룹이 위험 지역으로 구분된 지대에서 온갖 희생을 감수한 결과, 내 뼈 반지의 행방이 밝혀지게 된 것이었다.

"그럼 밖에서 대기하고 있겠습니다, 협회장님."

나는 먼저 밖으로 나왔다.

약간의 시간이 지난 다음이었다. 계집이 내 뼈 반지를 발견한 공로로 무엇을 약속받았는지는 그리 궁금하지 않았다.

그러나 이태한의 집무실에서 홀로 나온 계집에게 더 이상이 없을 것만 같았던 감동이 다시금 목격되었을 때는 솔직히 궁금해졌다.

돈일까? 아이템일까? 아니면 협회의 전폭적인 지원일까?

물론 그 전부를 포함하고 있겠지만, 내가 정말로 궁금한 건 다시 이계의 전장으로 진입할 수밖에 없는 상황에서도 감격을 만끽할 수 있는 까닭이었다.

계집이 나와 눈이 마주친 순간, 표정을 고쳤다. 내가 먼저 말했다.

"日本語で言っても十分だ(일본어로 해도 충분해)."

"죽든 살든 앞으로 붙어먹을 처지인데 미리 경고해 두는 게 좋겠지. 나는 내 등을 보이는 걸 싫어한다. 어느 때든 어느 장소에서든."

그러면서 계집은 승강기 쪽을 턱짓해 가리켰다. 나보고 앞장서란 뜻이었다.

협회장실인 43층 꼭대기까지 승강기가 올라오는 동안에도 계집은 내 뒤를 고수했다. 승강기 안에 들어서고 나서야 계집과 나란히 얼굴을 마주할 수 있었다.

계집이 말했다.

"협회장님께서 알려 주신 건 네 신분뿐이다. 나도 네 이름 따윈 관심이 없다. 앞으로는 널 안전국이라고 부르겠다."

이름뿐만 아니라, 내 생각 또한 관심이 없다는 태도였다. 강압적이었고 어지간한 녀석들에게는 먹힐 듯싶었다.

하지만 이것들이 내 뼈 반지를 찾기 위해서 어떤 고생을 다 했을지 생각해 보면 귀여울 수밖에 없는 노릇인 것이다.

사막에서 바늘 찾기와 다름없었을 것이다. 그것도 불타는 사막에서 갈기갈기 찢겨 대며.

"마음대로. 리더가 시키는 대로 해야지, 별수 있나."

"레벨은?"

"281, 그쪽은?"

계집은 귓등으로도 듣지 않고선 제 할 말만 했다. 계집의 질문이 이어졌다.

"주력은?"

"특성 탐험자다. 그 외 근접 스킬이 몇 개 있지. 아이템은 보다시피."

보다시피 가진 게 없다는 말이 끝나기도 전에, 계집의 눈초리가 놀라운 빛으로 번뜩였다.

"탐험자? 플래티넘 주제에 과분한 걸 얻었구나. 한데 그걸 얻고도 플래티넘밖에 도달하지 않은 건, 그리 달갑지가 않군. 사실이냐?"

"1막 2장에서부터 염병할 저주만 받지 않았어도 많은 게 달라졌을 테지."

본 시대 당시, 1막 2장에서 받았던 저주는 안식의 장까지 나를 물고 늘어졌었다.

그래서 지금의 위장에 감정을 이입하는 건 어렵지 않았다.

이것들은 내 위장에 조금의 의심도 없어야 한다. 만에 하나 초월체 중 무엇이 이것들의 정신을 들여다본다면 전부 다 허사가 되는 법.

마저 덧붙였다.

"나는 당신을 뭐라고 불러야 하지?"

"리더."

계집이 대답했다.

"그래. 리더. 그쪽도 나를 기존의 그룹원들과 차별 없이 대해 준다면 리더답게 대우해 주겠다. 단, 말투는 신경 쓰지 마. 존칭 따윈 못 배웠거든. 그러니까 알아서 존칭을 붙이고 있다고 걸러 들어 줬으면 한다. 그게 어렵다면 영어로 대체하도록 하지."

"일본어로 해라. 그리고 이것만큼은 알아 두고 나에게나 그룹원들을 대할 때 행동거지에 각별한 신경을 쓰도록. 다시 말하지. 협회의 지시 때문에 안전국 널 받아 줄 수밖에 없지만, 넌 우리에게 짐이다. 너는 우리 중에서 가장 뒤떨어지는 녀석이다. 평상시였다면 281 플래티넘 따위는 내 그룹에 들어올 수 없다."

"그럼 내 생존 확률은 더 높아지겠군."

계집은 나를 아니꼽게 쳐다보았다. 본인이 직접 검증하지 않은 자를 그룹 내부로 들이는 건 누구라도 꺼려 하는 일이다.

게다가 위장 신분, 나선후는 지금까지 안전국 요원으로서 추방팀에 있던 것으로 되어 있다. 이것들의 시각에서는 운 좋게 본토에 남아서 꿀이나 빨고 있었던 것으로 보일 터.

나는 구태여 계집과 감정을 소비하고 싶지 않았다.

"앞으로 명심하도록 하겠다, 리더."

대화는 그것으로 끝이었다.

승강기가 로비에 도착했고 뜰에서 계집의 그룹원들로 보이는 자들을 금방 찾을 수 있었다.

심각한 얼굴로 오가는 협회 직원들과 달리, 녀석들만은 즐거운 분위기를 폭발시키고 있었다. 그렇게 녀석들은 위험천만해 보이는 오르까의 별성을 응시하면서도 유독 밝았다.

그때 녀석들 모두가 이쪽으로 뛰어왔다. 고개를 뒤로 돌리자 계집이 녀석들에게 까닥거리던 손짓이 회수되는 게 보였다.

계집 앞에 모인 녀석들은 내가 왜 계집과 함께 왔는지 관심조차 없었다.

후드를 눌러쓴 외눈박이. 협회 내부 요원으로 보이는 자. 아직까지 나는 녀석들에게 그 이상도 그 이하도 아니었다.

녀석들의 시선은 모조리 계집의 입술로 쏠려 있었다. 내 뼈 반지를 찾은 공로로 협회에서 무엇을 하사했는지에 대해 듣기 위해서.

"협회 직원이 다녀갔겠지?"

계집이 묻자 그렇다는 대답이 나왔다. 계집이 말했다.

"우리에게 맞는 것들을 찾기 위해서다. 신의 이름이 박힌 정통(正統) 아이템들로."

"정통입니까?"

계집의 그룹원들은 즐거워하지만 딱 거기까지였다.

무려 내 아이템을 찾았는데, 그것도 접촉을 하면 안 될 정도로 강력한 힘이 서린 아이템을 찾았는데.

아이템 보상 정도는 당연한 거 아니냐는 반응이었다.

이어서 계집의 입에서 천문학적인 금액이 언급되었지만, 그 때에도 녀석들의 반응은 신통치 않았다.

하지만 계집 스스로가 다시금 감격에 젖으며 마지막 보상을 언급했을 때는, 녀석들의 큰 기대가 충족되어진 것 같았다.

"협회장께서 우리에게 전장 사령부 1급 권한을 약속하셨다."

주변의 눈들 때문에 환호성을 지르지 못할 뿐이었다. 나는 녀석들의 눈깔들이 한밤의 네온사인을 연상케 할 만큼 야욕으로 번뜩여 대는 것을 보면서, 전장 사령부 1급 권한이 무엇인지 직감할 수 있었다.

협회의 명으로.

그리고 내 이름으로 각성자 등급을 초월한 지휘 체계일 가능성이 높았다.

다시 전장에 진입하게 되면서도 감격을 만끽할 수 있었던 까닭이 바로 그 때문이리라. 각성자들의 생사를 주관하는 위치에 서게 되는 것일 테니까.

정말 그러한 보상이라면 협회에서는 내 아이템을 찾은 그룹에게 약속했던 만큼의 과감한 보상을 한 것이 된다.

"단, 조건이 있다."

계집의 이어진 말에 모두가 입을 다물었다.

"그분께서 반지를 회수하러 오시는 날까지, 우리 또한 그분의 반지를 지켜야 한다."

순간에 깨졌던 흥이 다시 차오르는 게 느껴졌다.

"전장으로 투입되는 게 아니었습니까?"

"아니다. 우리는 섹터 22로 가서 그분의 반지를 지키고 있는 구원자의 도시민들과 합류한다."

직접 그 말을 전하고 있는 계집도, 계집의 그룹원들도 흥분을 주체하지 못했다.

"그럼 다 된 거나 마찬가지 아닙니까."

다들 얼굴이 벌게져서 눈알들을 번뜩여 대고 있을 때였다.

"마지막으로 그분께서 우리 그룹의 공로를 알고 계신다 한다."

"그…… 그…… 그분께서 우리를 주시하신다는 것입니까?"

"그래. 우리 그룹은 이제부터 영광과 함께하는 것이다. 그동안 고생들 많았다."

그때야말로 계집은 눈물을 참지 못했다. 터져 나오는 눈물을 막기 위해 하늘을 올려다보며 눈을 깜박여 대다가, 이내 한 손으로 눈가를 덮고야 말았다.

계집을 필두로 계집의 그룹원들은 소리 죽여서 끅끅댔다.

각성자가 우는 모습은 흔치 않은데 말이다.

그러던 중이었다.

"그런데 이자는 누구입니까?"

한 녀석이 나를 지목했다.

Chapter 5.

군인이 우리에게 보내고 있는 존경에는 꾸밈이 없었다.

"항상 감사한 마음을 가지고 있습니다. 무사 귀한 하십시오!"

그가 경례를 끝내고 나서 수신호를 보내자 차단막이 올라갔다.

「경고문 (Warning)

(민간인 출입통제구역: Civilian Restricted Area)

이 지역은 **세계 각성자 협회원 지위 협정**을 적용

받는 지역으로 인가자 외 출입을 **절대 금지**합니다.

잠시 멈춰 있던 차량이 숲길을 따라 올라가기 시작했다.

혼다라는 흔한 이름을 가진 녀석은 리더 계집을 대신해 내 신상을 캐기 바빴다.

공식적으로 계집의 그룹에 속한 이후부터는 리더인 계집과 얽힐 일이 적었는데, 그때부터 내게 달라붙은 게 바로 이 녀석이었다.

"한국계들은 둘 중 하나제. 니는 어디나?"

시작의 장을 뚫고 나왔어도 관서 지방 사투리가 입에 밴 녀석이었다.

나는 그의 물음에 대답해 주었다.

"레볼루치온(42)에 있었다."

"말하는 거 봐라. 니 정말로 못 배워 처먹었나? 구라 까는 거 아니제?"

"꼬우면 영어로."

"됐다카이. 이제 안전국, 니도 우리 일원 중에 하나인 기라. 속일 생각일랑 말고 속 시원하게 말해 보그라. 어차피 다 알게 되는 기라. 무슨 끗발로 우리 사에카 님 그룹으로 들어올 수 있었나? 니 입으로 그랬지 않나. 레볼루치온(42) 출신이라꼬. 구원자의 도시민 아닌 거 맞재?"

"맞다."

"니 대답 잘해야 한데이. 우리는 감시자 델꼬 다닐 생각이 눈곱만큼도 없데이. 알긋나? 니는 우리에게 믿음을 줘야 하는 기라."

사내는 나를 추궁하고 있으면서도 시종일관 기분 좋은 얼굴이었다.

내 사수 격으로 붙여진 신분이지만 리더 계집의 그룹 안에서는 말단에 속한다. 그런 그에게도 신의 이름으로 보장된 아이템이 지급되었다.

사실 그러한 아이템들은 내 경험치 재료로 수집되고 있는 것 중의 일부지만 지금 나는 아이템이든 마석이든 뭔가를 추출할 수 있는 상황이 아니었다. 어떻게든 위장을 유지해야 하는 때이니까.

녀석의 물음에 꼬박꼬박 대답해 주고 있던 그때, 차량의 속도가 현저하게 느려졌다.

"구라치지 말그라. 니 같은 것이 우떻게 협회장님과 대면하고 있었나? 것도 협회장님의 집무실에서 말이다. 우리 눈은 못 속인데이."

설명은 충분했지만, 녀석은 더 붙잡고 늘어졌다.

"안전국, 니 사야카 님이라고 알고 있재? 우리 사에카 님이 사야카 님의 혈족인기라. 친언니."

내 반응이 신통치 않았는지 사내의 즐거웠던 얼굴이 굳어졌다.

"우리가 그 난리 통에도 그분의 아이템을 어떻게 찾으러 돌아다닐 수 있었을지 생각해 봤나? 니가 본토 잔챙이들 뒤꽁무니만 졸졸 쫓아다니던 동안에 말이다."

"우리 리더 사에카의 끗발이 좋다는 거로군?"

"아무리 못 배워 처먹었어도 '님' 자 하나 못 붙이나? 니 그러다 혹 간데이."

자매 둘 모두 시작의 장에 진입해서 생환한 경우는 손에 꼽을 것이다.

사야카가 누군지는 알고 있다. 라이프 베슬을 얻게 된 당시에 인연이 있었던 일본계 계집. 그리고 계집에게는 남자 동료가 한 명 더 있었는데, 곧 그 녀석의 이름이 사내에게서 언급되었다.

"사야카 님은 테츠야 님의 연인이자 '그분'의 사람이신 기라. 두 분 다 레볼루치온(12) 출신으로 협회장님과 인연이 깊은데, 우리 사에카 님이 바로 사야카 님의 친언니인 것이라. 이제 알긋나? 안전국 니가 어디에 숟가락 얹었는지?"

"친절한 설명 고맙군."

진심이었다. 사내의 태도는 하위 각성자에게 하는 것치고 상당히 상냥했다.

"니 끗발이 대단한 것은 알긋다. 하지만 우리 사에카 님한테는 안된데이. 그니까 설치지 말고 알아서 처신 잘하라는 기다. 니 끗발이 얼마나 쎈지는 몰러도 우리 사야카 님만 하긋나?"

계속해 왔던 말을 또 들려줘야 했다.

"몇 번이나 말하게 하는군. 나는 협회의 감시자로서도, 그리고 어떤 청탁으로도 너희들에게 합류한 게 아니다. 협회장의 명령이다."

"또 탐험자 얘기가?"

"그래. 협회장은 만약의 사태에 대비해 섹터 22의 방비를 강화시키고 싶어 하지."

"그나저나 니 정말로 괜찮겠나?"

"무엇이?"

"김지훈 님께서 거기에 계시다 안카나. 구원자의 도시민들은 니 같은 것들을…… 아니다. 내 할 말은 아닌 것 같다. 내리자. 도착해꾸마."

차에서 내렸다. 먼저 도착한 차량들에선 짐이 내려지고 있었다.

한편 우리가 탄 차량이 도착하길 기다리고 있던 군인들은 우리가 내리자마자 직전의 검문대와 같이 거수경례를 붙이기 시작했다.

다 같이 던전에 진입했을 때에도 똑같은 소리가 등 뒤로 부딪쳐 왔다.

"무사 귀환 하십시오!"

＊　　　＊　　　＊

던전이라고 불리고 있지만 사실상 통로 역할이 전부다.

그것도 파괴 조건을 달성하지 않은 꼼수로 인해 유지되고 있는 던전 중에 하나였다. 이계의 전초기지를 목적지로 제일 가까운 곳.

우리는 출구로 나와서 인근의 도시로 들어갔다. 도시의 경비병들은 우리 같은 진입자들을 처음 겪는 것이 아니기 때문에, 우리를 금방 알아보고 깍듯한 자세로 대했다.

"진입 신고를 하고 오겠다. 한 시간 후 이 자리에서 다시 집결한다. 정비 외에 일체의 행동은 삼가도록."

리더 사에카는 그렇게만 말하고 자리를 떠났다. 그룹원들은 바로 시간을 맞췄다.

"안전국 니, 이계가 처음은 아닌갑네?"

혼다도 시계를 조작하면서 물었다. 나는 무시하고 자리를 떠났다.

도시는 황량했다. 그린우드 남자들은 잘 보이지 않고 그나마 보이는 것들도 늙은이나 어린아이뿐이었다.

건장한 남자라고는 경비병들이 다라고 해도 과언이 아니었다. 대부분 내 군단의 휘하로 징집되어 전장으로 끌려갔으리라.

우리의 등장으로 열려 있던 창문들이 황급히 닫히는 등. 도시 전체를 짓누르는 침울함이 전반에 깔려 있었다.

그때, 마침 눈에 띄는 경비병을 붙잡고 물었다.

"여기에도 강화소가 있나?"

경비병이 순간 대답을 못 하고 머뭇거렸다. 각성자인 내 입에서 능숙한 드라고린어가 흘러나올 거라곤 예상 못 했기 때문일 것이다.

강화소는 도시의 지배자가 살았던 성에 있었다. 현재는 점령 그룹과 협회의 사령부에서 본부로 쓰는 곳이었다.

가는 길에 돌아오는 사에카와 마주쳤지만 우리는 서로를 무시했다.

그녀가 향하고 있는 방향도 집결지가 아니었다. 신고를 마친 그녀는 제법 리더답게 본인과 그룹을 위해 쓸 만한 것들을 구하러 다니는 것 같았다.

강화소에 도착한 다음이었다.

그린우드 종(宗)들의 세 마법 세력 중 하나, 론시우스 파.

그것이 몰락한 지가 언젠데 중년인은 아직도 론시우스파

의 로브를 입고 있었다. 그나마 이자의 형편은 나아 보였
다.

구속 상태가 아니다. 이자는 노예가 아니라 전향자였다.

그가 나와 눈을 마주치며 인사하듯이 말했다. 그러나 내
가 알아듣지 못할 거라고 확신했던 게 분명하다.

정중한 표정이지만 정작 말에는 가시가 돋쳐 나왔다.

"왜 우리를 이렇게까지 괴롭히지? 하지만 너희들의 시간
은 얼마 남지 않았다."

마법사에겐 그러한 일탈이, 모욕감과 상실감을 털어 낼
유일한 해방구일지도 모른다.

나는 대답했다.

"그건 우리가 치르고 있는 전쟁의 적이 군대뿐만이 아니
기 때문이다. 우리는 적들의 국민들과도 전쟁을 치르고 있
다. 어쨌거나 전향자가 할 말은 아닌 것 같군."

"······!"

마법사는 순간 경직되었다. 그는 아무런 말도 하지 못했
다.

눈조차 깜박이지 못하고 굳어 있다가, 이내 상황이 파악
되자 떨면서 말했다.

"용······ 용서를······ 제가 죽을죄를 지었습니다. 저는
저는······."

상의를 벗어 던졌다.

"한 번은 눈감아 주겠다. 대신 강화 재료는 네 선에서 처리하라. 못하겠다고는 하지 마라."

마법사 같은 엘리트층이 앞잡이 노릇을 하고 있을 때에는 얻는 것이 있기 때문이다.

"하, 하오시면 기사님께선 어떤 마법을……."

"얼굴을 가리고 싶다."

*　　　*　　　*

[본토의 평범한 후드티 (아이템)

론시우스 파의 마법이 부여되어 있습니다.

등급: F

아이템 레벨: 35

효과: 후드를 착용 시, 후드 안이 어둠으로 가려집니다.]

[아이템 2/8]

[착용 중인 아이템: 정체불명의 돌, 본토의 평범한 후드티]

"그렇잖아도 가리라고 말할 생각이었꾸마. 약점을 드러내고 다녀봤자 얕잡아 보이기만 하지. 근데 무슨 돈으로? 안전국 니들은 빈털터리 아니었나. 꽤 들었을 낀데."

혼다 녀석이 틈만 나면 내게 관심을 보이는 건 별다른 이유에서가 아니다. 녀석들의 리더와 내가 처음 만난 곳이 협회장실이기도 하지만, 애초부터 이것들은 일본계 각성자들로만 구성된 그룹이다.

이 그룹을 지원하고 있는 자본도 대외적으로는 일본계라고 알려진 내 주머니 안일 것이다.

"니. 내 말 맞다고 생각하나?"

"아니. 당연한 과정이라 생각한다. 나라도 그럴 테니까."

섹터1, 전장의 전초 기지를 향해 이동하는 중이었다.

"좋아. 시작의 장에서 헛물만 마시다 나온 건 아닌갑꾸만. 전초 기지에 도착하는 즉시, 우리는 다시 섹터 22로 향한다. 거기가 목적지라는 건 니도 알재?"

"물론."

"한데 전장에서 멀리 떨어졌다고 해서 안심하면 안 될 끼다. 거기도 위험하긴 마찬가지니께. 그분의 존엄한 힘이 우찌나 강한지 니는 상상도 못할 끼다. 수십 일이 지났어도 뇌력이 빠직거린다카이. 통제에 안 따르면 골로 가기 십상인 기라. 그나마 니 운이 좋은 게 지금은 용골병이 다 치워졌다칸다."

혼다는 그룹원들을 본격적으로 소개하며 그들의 역할을 설명했다.

어차피 내 관심은 이 녀석들에게 없었다.

"어쨌든 엘프들하고 싸우는 것보다는 나은 게 사실인 기라. 내도 전선에는 가 보진 못했다. 그래도 들려오는 게 참말로 무시무시하대?"

"일단은 섹터 22에 대해서 더 듣고 싶다. 어떻게 발견하게 되었는지."

"별거 있겠나. 뒈질 만큼 뒈지다…… 간신히 사에카 님께서……."

소환수에 탄 녀석들도, 우리 같이 두 다리로만 뛰던 녀석들도 일제히 멈춰 서서는 하늘을 비스듬히 올려다보았다.

전방에는 운석구처럼 파인 폭파 흔적들이 상당했다. 엘프 군단의 강력한 마탑이 완성된 징조였고, 이태한도 보고한 바가 있는 것이었다.

먼 전선부터 여기까지 일종의 폭격이 있었던 것이다.

그때 리더 사에카가 나를 불렀다. 이 녀석들의 그룹에 합류한 이후로 처음.

"탐험자와 탐험꾼들은 폭격 장소와 시점을 사전에 직감할 수 있다. 그렇지?"

"그래서 협회장은 나를 너희들에게 합류시켰다."

"숙련 레벨이 3이라 했던가?"

"그래."

"정확하진 않겠구나. 지금부터 넌 나와 발을 맞춘다."

"지시에 따르지."

*　　　*　　　*

마침내 목적지가 시야에 들어왔다.

나는 부상자 중에 한 명이었다. 혼다를 비롯한 다른 녀석들도 목적지를 눈앞에 두자마자 너부러졌다.

더 그레이트 그린의 육신으로 올드 원에 의해 잔존되어진 어떤 힘이 정말로 지뢰처럼 터져 버렸던 때가 눈앞에 생생했다.

자칫 왼 눈덩이에 담고 있는 본연의 힘을 끄집어낼 뻔했던 아찔한 순간이었다.

혼다가 신음을 흘리며 나를 향해 고개를 돌렸다. 그나마나는 사에카의 비호 덕분에, 녀석은 훈공의 보상으로 받은 아이템 덕분에 이 정도였다.

"니 억수로 운 좋대…… 크으으윽."

대꾸할 여력이 없었다.

"일어나라. 혼다, 안전국!"

그때 우리를 내려다보는 사에카의 얼굴이 위에서 난입해 들어왔다.

"김지훈 님께서 오고 계신다. 서둘러, 특히 안전국 넌……!"

쏴사삿—

질풍은 경고보다 빨랐다. 서늘한 눈초리가 나를 훑고 주변을 훑었다.

그녀는 그 질풍 앞에선 꼼짝도 못 했다.

잠깐 본인이 해야 하는 말을 까먹었는지 입술을 뻐끔거렸다. 그러더니 질풍과 함께 나타난 사내의 굳혀진 미간에 움찔거리는 모습을 보였다.

"구원자의 도시민, 김지훈 님을 뵙스므니다. 사에카는 협회장님의 전언을 가지고 왔스므니다. Until 'HE' comes, We have also been ordered to keep the 'RING'"

짜악—!

사에카의 고개가 확 돌아갔다. 무엇이 그녀의 따귀를 때렸는지 제대로 볼 수 없었다.

이어서 우리나라 말이 들려왔다. 권위적인 힘이 실린 그 말에 사에카는 어떤 항변도, 제 뺨을 어루만지지도 못했다.

"이미 전달받았다."

"죄송하므니다."

"왜 이렇게 늦었지?"

"죄송하므니다. 탐험자와 같이 왔스므니다. 협회장님께서 붙여 주셨스므니다."

"누가 탐험자인가?"

나는 비틀거리던 몸을 간신히 고쳐 잡았다.

"접니다."

그 순간 김지훈의 표정이 비틀렸다.

"우리 말이 유창한데? 너……."

"한국계입니다."

"레볼루치온(42) 출신이냐. 아오. 벌레보다 못한 새끼."

아주 미세하게 포착된 기류가 일렁거렸다. 그것이 나를 덮칠 거란 걸 알 수 있었고 왼 눈두덩이 전체가 간지러웠다.

이럴 경우 결단은 빨라야 한다. 공격에 대항해 아이템을 사용할 것인지 아니면 이대로 받아…….

그런데 갑자기 기류가 사라지면서 김지훈과의 거리가 찰나에 좁혀져 버렸다. 김지훈이 내 어깨에 한 손을 올렸다.

"한국계? 느그 레볼루치온(42) 종자들이 무슨 한국계야. 느그들은 그냥 다 개새끼야. 짖으라면 짖고 까라면 까는 것

만 하는 개새끼. 내가 틀린 말 했냐? 씨발아. 꼬우면 계급
장 떼고 함 붙든지."

"……."

"마리 님께는 잘도 깝치던데 왜. 나 마스터밖에 안 돼.
기회 주잖아. 쫄았냐? 쫄았어? 말도 안 나와? 븅신 새끼."

"……."

"이거, 재미까지 없는 새끼네. 앞으로 내 허락 없인 그거 벗
지 마라. 더러운 낯짝 보이면 죽여 버린다. 잘 때도 먹을 때도
꽁꽁 싸매고 다녀. 가 봐, 븅신아. 참아 줄 때 꺼지라고."

누구보다도 귀엽기 짝이 없는 것이 바로 이 녀석, 김지훈
이다.

녀석의 지시가 하달된 건 성 드라고린산(産) 상급 포션이
녀석의 이름으로 지급된 때였다. 그때야말로 나는 탐험자
로서 여기에 합류를 마친 것이었다.

내 뼈 반지를 목전에 두고 있는 여기에.

*   *   *

보자.

헛물을 들이켜고 있는 게 아니라는 가정하에, 고룡 둘의
계획은 내게 동시 기습을 가하는 것이다.

그런데 놈들이 지하 어딘가에 몸을 파묻고 있든지 절벽 밑 어딘가에 웅크리고 있는 것이라면 내게 발각되기 십상이다.

그런 매복이 얼마나 무의미한지는 고룡들부터가 알고 있을 터.

그렇다면 여기에 어떤 함정을 완성시켜 뒀다고 가정해 보자. 그리고 그 함정은 나를 도모할 수 있을 정도로 강력해야 하는 것이다.

그런데 그런 힘의 응집체가 완성되기 위해선 필수적으로 수반되는 게 있다.

시간 역행의 인장을 만들 때, 오딘의 왼 눈을 만들 때. 결계라는 안전장치를 마련해 둘 수밖에 없었던 까닭이 무엇이었는가?

그렇지 않고서는 바깥이 무사하지 못하기 때문이었다. 강력한 힘이 움직일 때는 그에 준하는 현상이 따라붙는다.

전쟁 초기, 사대 정령왕 전부가 현신하려 할 때 그것들이 진입하지 못하게 차단할 수 있었던 까닭도 그런 현상이 있었기 때문이었다.

만일 뼈 반지 인근으로 함정이 만들어졌다면, 만들어지는 과정에서 여기에 남아 있던 자들은 어떤 이상 현상을 체험했어야 하는 게 맞다.

그렇게 이태한의 귀까지 들려오는 게 있었어야 한다.

그러나 그런 것은 일체 없었다.

물론 내가 완전히 헛다리를 짚고 있을 순 있었다. 여기 어디에도 고룡들은 숨어 있지 않다, 실버는 부활하지 않았으며 블랙은 부상을 떨치지 못했다는 식으로.

하지만 헛다리를 짚고 있는 것이라면 그것이야말로 바라는 바다.

놈들은 여기 어딘가에 있다.

지성이라는 게 있다면 반드시.

이튿날이 밝았다. 재밌게도 김지훈이 나를 노골적으로 싫어하는 모습을 보인 이후부터 계집의 그룹원들은 나를 더욱 기피했다.

그나마 말을 건네 오는 건 혼다뿐이었는데, 그건 사수된 자의 의무일 뿐이었다.

그가 전투 식량에 물을 부으며 말했다.

"뭐 느껴지는 것은 없나?"

"있으면 안 되지."

"그나저나 니는 억수로 운 좋데이. 우리가 사령부로 옮겨지고 나면 니도 따라오는 거 아이가? 그라고…… 좀만 기다리믄 그분을 가까이서도 뵐 수 있는 기라. 그분께서 우리 그룹의 공로를 치하해 주실 끼다. 알긋나? 니는 꼽사리 주제에 혜택이란 혜택은 다 보는 기지. 그룹에 목숨을 다 바쳐도 모자란 기다. 알았나?"

"알고 있다."

대답과 동시에 시선을 돌린 쪽.

거기에서 김지훈은 군용 무전기를 통해 전초 기지와 교신을 주고받는 중이었다.

레볼루치온(42) 출신들에게 감정의 골이 깊은 녀석이다.

그러나 녀석은 내 뼈 반지를 지키고 있는 지휘관으로서 무엇이 우선되어야 하는지를 모르지 않았다.

저열하게 굴었던 것도 대면한 당시 내게만 한정되었을 뿐. 저열한 모습을 개의치 않고 보일 수 있었던 까닭 또한 사실 강자만이 보일 수 있는 여유에서 비롯된 것이었다.

지켜본 결과.

녀석은 상황을 제대로 통제하고 있었다. 혼다가 내 시선을 따라오더니 말했다.

"와? 기다리 봐라. 내 무슨 일인지 알아보고 올게."

그가 익어 가는 식량도 내팽개치고 자리에서 일어났다. 그가 보기에도 김지훈과 구원자의 도시민들이 보이는 모습이 심상치 않은 것이다.

혼다는 기대가 가득한 얼굴로 향했다가 실망한 얼굴로 돌아왔다.

김지훈이 보이는 모습에서 내가 뼈 반지를 회수하러 올 거라 기대했던 것 같았다.

"전선이 후퇴됐다 칸다. 각성자들이 다 참전한 마당에 밀리다니, 믿기지나? 자그마치 이십 만이다. 심지어 언데드 군단은 본진까지 털렸다카이. 무적인 줄 알았는데 고것도 아닌갑다."

엘프 종들의 강력한 마탑.

정확히는 성전(聖戰)의 탑으로 불리는 그것.

엘슬란드에 침공을 가한다면 최우선으로 부숴 놓아야 하는 그것.

신마대전에서 엘슬란드의 땅이 죽음의 땅으로 변하지 않을 수 있었던 이유이면서 락리마 총 본산의 비기 중 하나.

즉, 올드 원의 엘슬란드 사랑을 보여 주는 상징 중에 하나다.

하지만 그것이 옮겨 다닐 수도 있다는 사실을 알게 된 건 전장에 그것이 나타났다는 것을 듣게 된 다음에서였다.

빌어먹을 올드 원.

그런 게 가능했으면서도 올드 원은 본 시대의 본토를 방치했었다.

아무리 내전이 극심했다고 해도 그 탑 하나만 만들어 줬다면 본토가 그 지경까지는…….

어쨌든 중요한 건 현재다.

"엘프들이 피에 미쳐 날뛴다네. 그린우드 종들은 좆밥이었던기라."

"우리 쪽 상황은?"

"웬 성채 덕분에 큰 피해는 피할 수 있었다는데, 그분께서 만들어 주신 게 아이겠나? 후우. 반지를 회수하러 오실수 없으실 만큼 급박한 모양이시다. 만질 수만 있다믄 내가 가져다드리고 싶구만."

혼다의 말이 계속 이어졌다.

"행여나 하는 말인데 니 꿈도 꾸지 마라. 구원자의 도시민들이 가만두지도 않겠지만 우리 같은 보통 것들이 만질수 있는…… 그런 것이 아니다. 그분의 장비는."

*   *   *

매복, 어디에 숨어 있는 것도 아니고.

함정, 이상 현상이 발견된 것도 없다.

능력을 플래티넘까지 하락시킨 지금에 이르러서 고룡들의 계책을 단번에 파악할 수 있을 거라곤 생각하지 않았다.

지금 이 상태로 발견할 수 있는 게 있었다면 김지훈부터가 발견했겠지.

그래서 여기로 오기 전에 준비해 둔 것이 있었다.

그날 오후였다.

이태한에게 사전에 내려 뒀던 지시가 시행되려는 조짐이 보였다. 무전기를 귀에 대고 있는 김지훈의 표정이 자못 심각했다.

녀석은 뼈 반지가 놓여 있는 부근, 그러니까 격리된 거기를 오랫동안 응시했다.

고민이 길어지는가 싶더니 녀석도 별수는 없었던 것 같다. 녀석이 애꿎은 바위를 내리쳤다. 그러고는 모두를 향해 외쳤다.

"다들 짐 싸라. 우리 모두 전선으로 향한다!"

김지훈의 호령은 여기까지 미쳤다.

혼다가 사에카에게 소리 죽여 물었다.

"그럼 우리도 전장으로 가는 거 아입니까? 약속과는 틀린 거 아입니까?"

구원자의 도시민들도 웅성거렸다.

"그만!"

김지훈이 외쳤다.

"동지들! 그분의 반지는 누구도 만질 수조차 없다. 그건 우리의 적들도 마찬가지다.

한 명의 자원이 시급한 지금 협회는 우리의 조력이 간절하다. 우리가 적들의 탑을 치길 바라고 있다. 적들의 힘이 그 탑으로부터 강화되고 있다는 것이 파악되었다. 방향을 크게 잡아 돌아간다면 적들의 본대가 복귀하는 것보다 우리가 먼저 도달해 칠 수 있다.

물론 탑의 방비는 삼엄하지만, 우리가 죽기를 각오하고 싸운다면……."

"여기에는 몇이나 남아 있습니까? 그래도 우리 중 누군가는 그분의 장비를 지키고 있어야 하지 않겠습니까?"

난데없이 끼어든 목소리도 컸다.

"우리는 별동대다. 말했듯이 우리의 임무는 적들의 본진을 뚫고 들어간 후 탑을 파괴하는 것이다. 수적으로 보나 정황으로 보나 불가능에 가까운 임무다.

어쩌면 우리 모두는 거기서 전멸을 맞이할 수도 있겠지. 알겠는가? 우리 중 누구도 열외는 없다.

우리 구원자의 도시민들은 그분의 이름으로 한날한시까지 함께한다."

"협회의 명령입니까?"

"협회의 명령이…… 곧 그분의 명령이나 마찬가지다. 이상."

그러면서도 김지훈은 얼굴을 일그러트렸다. 녀석은 그 얼굴 그대로 웅성거림을 뚫고 이쪽으로 걸어왔다. 사에카를 향해서였다.

"너희들은 우리와 함께하지 않는다. 사령부에 합류해라. 성채는 현재 농성 중에 있지만 어떤 것들보다도 강한 게 우리 각성자들이다.

우리가 적들의 본진을 칠 때에 맞춰 농성 중인 각성자들도 야전으로 나오게 되어 있다.

그때를 기회로 삼는다면 사령부에 합류할 수 있을 것이다. 건투를 비마, 사에카."

"영광…… 이므니다."

사에카가 멀어져 가는 김지훈의 뒷모습을 바라보다가 우리에게도 서두르라는 지시를 내렸다.

"내 말했재? 니 운 억수로 좋다꼬. 이제 니도 우리와 함께 사령부 일원인기라. 니만큼 운 좋은 놈은 처음 본데이."

혼다는 그가 할 수 있는 최대한으로 목소리를 죽였다.

내가 가지고 온 짐이라고 해 봐야 며칠간 먹을 수 있는 전투 식량이 전부다. 고룡들에게 위장이 발각될 것을 대비해 아공간인 보관함마저도 날려 버린 상태였다. 어차피 그것은 다시 만들면 된다.

혼다와 함께 가방을 챙기며 구원자의 도시민들의 동태를 주시했다.

잠시 후 소란이 터졌다.

"뭐라고? 다시 말해 봐라!"

"저는 남아 있겠습니다. 협회의 명령은 부당합니다! 모
르시겠습니까? 이태한과 권성일은 늘 그래 왔습니다. 그
자들에게 우리 동지들의 목숨은 안중에도 없습니다."

대답 또한 여기까지 들릴 만큼 크게 울렸다. 조금 전에
김지훈의 말을 가로막았던 그 목소리였다.

"잘 생각해 보십시오. 여긴 시작의 장이 아닙니다. 우리
가 언제까지 그자들의 명령을 따라야 합니까?

동지 여러분. 아니 그렇습니까? 이태한의 속셈은 자명합
니다. 우리가 성공하면 본인의 공이 되는 것이고, 실패하면
본인에게 위해가 될 수도 있는 우리들이 제거되는 것입니
다.

이번 임무 역시 시작의 장에서와 조금도 다르지 않다는
겁니다. 이태한은 또 우리의 목숨을 담보로 사익을 취하려
는 것입니다."

"그럼에도 불구하고 나는! 탑을 치는 것이 종국적으로
그분을 위한 것이라 생각한다."

"우리 모두일 필요는 없습니다! 또한 그분의 장비를 지
키는 것보다 값진 일은 없습니다."

혼다를 비롯해 그룹원 몇이 소란을 향해 걸어가는 게 보
였다.

나도 그 틈에 끼었다. 가까이서 본 김지훈은 분노를 짓누르는 표정이었다. 김지훈에게 불복하고 있는 자는 젊은 백인 남자였다.

"뒷일을 감당할 수 있겠나? 사령부의 명령을 어긴 죄, 그건 사형이다."

"우리는 신념으로 움직입니다. 무엇도 우리의 신념보다 우선될 순 없습니다. 정녕 처벌이 두려운 것입니까? 그러고도 동지들 보기에 부끄럽지 않습니까? 그러고도 그분의……."

"그만!"

김지훈이 일갈했다. 녀석이 분노를 삼키는 게 빤히 보였다.

"동지의 뜻에 공감한다. 나도 그분의 장비를 눈앞에 두고 떠나는 게 내내 걸리던 차였다. 동지가 여기에 남아 준다면 그보다 고마운 일은 없을 것이다. 하지만 이후 재판정에 서게 될 수밖에 없다는 걸, 각오하고 있겠지?"

"물론입니다."

"그럼 우리들은 동지를 끝까지 비호하겠다. 어디까지나 살아남는다면."

"임무도 성공하시고 생환도 하실 겁니다."

"그래. 오딘을 위하여 (For the Odin)!"

"오딘을 위하여 (For the Odin)!"

구원자의 도시민들이 일제히 주먹을 치켜들었다. 그들의 입에서도 똑같은 구호가 힘차게 폭발했다.

"오딘을 위하여—!"

"오딘을 위하여—!"

함성이 하늘을 찔렀다. 거기에 파묻혀 버린 것만으로도, 혼다를 비롯한 사에카의 그룹원들은 전신을 부르르 떨었다.

숭배자들은 내게도 큰 감명을 주었다.

그들은 죽을 수밖에 없는 곳으로 향하면서도 두려워하지 않는다. 남겠다고 한 녀석도 사형을 감수하면서까지 있겠다는 거 아닌가.

하지만 그래서 가슴이 더 쓰라린 것이다.

구원자의 도시민들은 서로를 비난하지 않는다. 특히나 그들은 동지로서 서로 동등해 보여도 김지훈이 그들의 리더이자, 그들 사이에서는 내 측근처럼 평가받고 있는 녀석이었다.

이태한의 통치를 받던 세월에 그들에게도 그들만의 룰이 완성되었다.

구원자의 도시민들은 서로 생각이 다를지라도 자신의 뜻을 관철하기 위해 김지훈을 그렇게 몰아세우지 않는다. 처벌이 두렵냐느니, 부끄럽지 않냐는 등.

그러니까 매복도 함정도 없는 것이라면 고룡들은 지금 어디에 있겠는가?

놈들도 나와 같다.

내게 가까이 접근해도 의심받지 않는 신분으로 위장했을 것이다.

내가 도착하기만을 기다리고 있다. 남겠다고 한 녀석의 몸 안에 들어 있든지, 아니면 안타까운 그 녀석은 이미 죽고 녀석과 똑같은 형체로 있든지.

남겠다고 한 놈이 용의 선상에 올랐다.

그때.

김지훈이 무전기를 들었다. 녀석의 표정은 곧 허탈하게 무너졌다.

"임무는 취소다! 우리는 그분께서 오실 때까지 계속 뼈 반지를 지킨다."

그때 나는 남겠다고 한 놈에게서 눈을 떼지 않고 있었다. 놈은 우두커니 서서 품 안에 한 손을 집어넣고 있었는데, 놈이 뭔가를 움켜쥐고 있다면 그것은 딱 단검 정도 크기일 것으로 추정됐다.

갑자기 임무가 취소되며 어수선해진 순간에 있었던 일이다.

놈의 옆모습으로 보이는 시선은 김지훈을 향해 있지 않았다. 고개만 김지훈을 향해 들려져 있을 뿐, 시선은 환상을 좇듯 더 너머를 바라보는 느낌이었다.

나는 저게 어떤 모습인지 알고 있다.

연희가 정신세계에 돌입하거나, 오르까가 동족의 기억을 뒤지고 다닐 때면 꼭 저런 시선을 했었다.

짧은 순간이었지만 놈은 뭔가와 교류하고 있는 중이었다. 그리고 아마도 가슴에 손을 집어넣은 행동과 관계가 있으리라.

*   *   *

내 힘을 감추기 위해 나는 두 번의 과정을 거쳤었다.

첫 번째.

전력의 대부분을 재료로 삼아 [오딘의 왼 눈]을 만들었고.

두 번째.

오딘의 왼 눈에 품어진 힘을 일시적으로 봉쇄하는 수단으로 그것을 [정체불명의 돌]로 변환시켰다.

이 모두 올드 원이 남겨 둔 설계도에서 습득한 방법이었다.

그래서 의심을 할 수밖에 없는 것이다. 적들에게도 가능하다면? 나와 같은 방식으로는 아니어도 같은 결과물을 만들어 내는 게 가능하다면? 그렇게 내가 알아차릴 수 없게끔 제힘들을 짓누르고 있는 것이라면?

내가 여기에 잠입하기 위해 해 왔던 과정들과 비슷하게 말이다.

하나 더. 여기에 고룡 두 마리가 있을 거라고 확신한다.

더 그레이트 레드 이하, 고룡들의 수준은 크게 차이가 나지 않는다.

그것들이 제아무리 성공적인 기습을 확신한다고 할지라도 한 마리로는 끝맺음을 제대로 할 수 없다. 나를 완전히 끝장내기 위해선 적어도 두 마리의 협공이 필요한 것이다.

그래서다.

고룡일 저놈이 품 안으로 움켜쥐었던 것은 또 다른 고룡일 공산이 높다.

무슨 말이냐 하면 저놈이 바로 구원자의 도시민으로 위장하고 있는 고룡인 것이며, 저놈이 가슴 속에 숨기고 있는 것은 나머지 고룡이 재료가 된 강력한 무기일 거란 말이다.

위장한 고룡이 또 다른 고룡을 아이템으로 쥐고 있다.

나를 기습하기 위해.

내가 놈들을 치려는 방법과 매우 흡사하게.

그날, 기회를 보고 있었다. 뼈 반지 인근에서 동태를 주시하고 있던 김지훈이 본인의 막사로 들어가는 게 포착된 때였다.

녀석의 막사로 들어가며 말했다.

"보고드릴 게 있습니다. 들어가겠습니다."

녀석은 옷을 갈아입는 중이었다.

녀석이 전투복 밖으로 얼굴을 빼자마자 날 향해 얼굴 전체를 구겼다.

"야 이, 씨발아. 내 말이 아주 좆같지?"

놈들은 왜 이 녀석으로 위장하지 않았을까. 그건 계속 가져왔던 의문이었다.

녀석이 막 벗은 전투복 포켓 속에서 작은 존재가 날아올랐다. 의문은 그때 해소되었다. 날아오른 건 루세아 일족 중 하나였다.

[성전의 탑]이 전장에 자리한 걸 보면 연희가 직접 다녀갔다고 볼 순 없었다. 연희가 본인을 대신해 그녀의 수족 중 하나를 보내온 게 틀림없었다.

"……오늘 니가 기어코 선을 넘는구나. 역시 느그 새끼들은 좋은 말로 해선 안 돼."

김지훈이 나와 루세아 일족을 번갈아 쳐다보며 피식피식 웃기 시작했다.

한 번의 웃음에 진한 살의(殺意)가 흘러나온다.

"해 봐, 븅신아. 보고할 게 있다면서. 진짜 이야기는 듣고 나서 하자고."

그때도 히죽거리는 김지훈의 동공 속에는 위험한 빛이 서려 있었다.

「이름: 나선후

등급: 정회원 레벨: 281 소속: 안전국

— 세계 각성자 협회—」

신분증을 꺼냈다.

녀석은 내 진짜 이름을 알고 있는 몇 안 되는 인물 중의 한 명.

녀석은 신분증에서 시선을 떼지 못했다. 이윽고 경악에 물들고 의심으로 물든 놈의 두 눈이 나를 향해 돌려졌을 때.

아무 말도 하지 말라는 손짓과 함께 후드를 끌어내렸다.

나는 소리 없이 입술만 움직여서 말했다.

많이 컸네, 김지훈.

울 듯 말 듯.

때린 것도 아니었는데 녀석의 만면은 어떤 고통으로 일그러졌다.

표정이 가관이었다. 그동안 보아 왔던 얼굴들 중 가장 신랄했다.

녀석이 무너지는 그대로 무릎을 꿇으려고 할 때 부축해줬는데, 격정에 사로잡힌 녀석의 상태가 고스란히 전달되었다.

녀석에게 준비해 뒀던 메모지를 건넸다.

지시가 담긴 메모지.

거기서 제일 우선할 사항으로 되어 있는 건, 지금의 내위장이 발각되는 일이 없도록 신중을 기하라는 것이었다.

김지훈은 타고난 눈치꾼인 녀석이다.

시작의 장 이전에는 가정 환경 탓에 양아치 신세를 벗어나지 못했지만, 바야흐로 시작의 장에 돌입하면서부터는 빛을 발하기 시작했다.

내게서도 이태한에게서도 살아남았고. 중국계 각성자들 사이에서도 살아남았고. 다시 또 이태한의 치하에 있었던 세월에서는 제3세력, 구원자의 도시민들을 이끌면서 지금까지 도달한 게 녀석이었다.

약자에게는 강하고 강자에게는 약한 게 흠이라지만 누군들 안 그렇겠는가.

생존술의 하나다.

특히 이태한의 치하에서 녀석이 처리해 왔던 임무들. 레볼루치온(12) 내부의 반란 세력들을 꾸준히 제거해 왔던 것이나 위험한 퀘스트들을 도맡아 오면서 지금에 이르렀다는 것은 녀석의 기지(機智)가 뛰어나다는 방증이었다.

"괜찮으십니까?"

내가 말했다.

녀석을 일으켜 세우면서였다.

"별 보고는 아니었습니다. 계속 집중하고 있지만 특별한 직감은 아직까지 없었습니다. 궁금해하실 것 같아서 미리 보고드리는 것입니다. 정말 괜찮으십니까?"

녀석은 메모지에 담긴 지시 때문만이 아니더라도 내가 원하는 게 무엇인지 눈치챘다.

고통스럽기 짝이 없던 녀석의 눈동자는 빠르게 제자리를 찾았다.

"누가 누굴 신경 써. 가라. 난 좀 쉬어야겠다."

심지어 녀석은 말을 더듬지도 않았다. 호흡 한 번으로 멀쩡한 얼굴이 되었다.

그런 다음 녀석도 소리 없이 입술만 움직였다.

죄송합니다. 죄송합니다. 죄송해요…… 지시만 내리신다면 언제고 자살하겠습니다. 용서해 주세요. 몰랐습니다. 아무것도 몰랐습니다. 정말이에요.

입술이 참으로 빠르게도 움직였다.

한편 멀쩡해진 얼굴이었으나 살짝만 건드려도 울음을 터트릴 것 같은 느낌만큼은 어쩔 수 없었다. 나는 녀석이 정말 울어 버릴까 봐 서둘러서 나왔다.

마음에 걸리는 건 이 모든 과정을 지켜본 루세아 일족인데, 고것 때문에 일을 그르치게 된다면 가만두지 않을 것이다.

연희의 숭배 종족일지라도.

*　　　*　　　*

뼈 반지를 중심으로 쳐져 있던 바리케이드가 거리를 더 벌리는 쪽으로 옮겨지는 중이었다.

"말했재? 반지 하나에도 그분의 존엄한 힘이 강력하다꼬? 김지훈 님도 버틸 수 없었던 기라. 그럴 만한 것이, 가장 지척에서 지켜 왔던 분이 김지훈 님이시다. 힘들었겠재."

혼다는 울적한 마음을 수다로 달래고 있었다. 작전이 취소되지 않았다면 지금쯤 사령부에 합류했을 거라는 말도 이어졌다.

"결국 이렇게 되는 갑네. 거봐라. 내 말이 맞다 아이가."

혼다가 김지훈의 막사 쪽을 턱짓해 가리켰다. 김지훈은 떠날 채비를 마쳤다.

내가 내렸던 지시는 녀석이 최측근으로 여기는 또 다른 구원자의 도시민에게로 인계가 끝난 것 같았다.

고룡들이 탐지 가능한 영역을 계산해 본다면 내 정체를 알게 된 김지훈은 서둘러 떠나는 게 맞는 것이다.

대외적으로는 전초기지에서 보급품을 충당해 돌아오는 것으로 알려졌지만 혼다나 다른 이들의 시선에서는 녀석의 부상이 누적된 것처럼 보일 거다.

그렇게 김지훈은 몇만 대동하고 섹터 22를 떠났다.

동이 튼 후.

기다렸던 대로 사에카가 나를 불렀다.

"그분의 목걸이가 아직 발견되지 않은 걸 알고 있겠지?"

"그렇다는군."

"구원자의 도시민들은 섹터 15를 재수색할 계획이다. 우리 중에선 안전국, 네가 동참한다."

황금 갑옷이 발견된 섹터 7과 파괴된 창이 발견된 곳이 자 둠 카오스와 올드 원의 힘이 가장 강력하게 잔존해 있는 섹터 23의 중간 지역.

섹터 22인 여기에서는 남서쪽으로 접경해 있는 곳이다.

"불만은 받아들이지 않는다."

"언제 출발하지?"

"팀이 구성되는 즉시, 아마도. 너는 외부인이지만 네 특성만큼은 높게 평가하고 있다. 살아 돌아올 경우 우리 그룹의 일원이 될 자격이 있다 여기겠다. 그럼 떠날 채비를 갖추고 대기하도록."

사에카는 통보만 하고 자리를 떠났다. 혼다는 쯧쯧 하고 혀를 찼다.

"니 운 좋은 줄 알았는데 고것도 아닌갑네. 그라도 니는 나은기라. 복귀하기만 한다믄 우리 일원으로 진심으로 받아 주겠다는 거 아이가? 사에카 님이 그런 경우는 흔치 않다카이."

쓰잘머리 없는 소리.

나는 고룡일 거라 확실시되는 놈의 반응이 궁금했다.

지금쯤 놈에게도 똑같은 지시가 떨어졌을 것이다. 어제는 여기에 남겠다고 그렇게나 악을 써 댔었는데, 현재까지는 잠잠했다.

놈에게는 어제와 같은 명분이 없다.

위장을 유지하고자 한다면 지휘부의 명령에 따라야 한다.

한데 놈이 잠잠한 까닭은 믿는 구석이 있기 때문일 것이다.

엘프들의 본진에 있는 성전의 탑.

＊　　　＊　　　＊

현대 화기를 무력화시키는 보호막은 두말할 것 없다.

성전의 탑에는 엘프들을 강화시켜 주는 것이나 강력한 마나의 폭발체를 투하하는 것 외에도 한 가지 효과가 더 있다.

엘슬란드에 직접적으로 게이트를 여는 것이 위험한 이유이기도 하다.

탑이 품고 있는 기능 중의 하나인 그 힘은 본 시대 본토에도 펼쳐져 있었다.

칠마제 군단의 게이트가 열리는 것을 사전에 포착하고 열리기까지 시간을 벌어 주는 데다가, 칠마제 군주들을 대상으로는 더욱 힘을 발휘하는 무형(無形)의 결계.

바로 올드 원의 힘.

그렇게 성전의 탑은 적대 진영의 게이트가 뚫리는 걸 최대한 저지한다.

뿐만이랴. 몇 개의 탑만으로 엘슬란드 전역을 커버할 수 있을 만큼 탑 하나의 영향력이 광범위하다.

그것 중 하나가 전장에 배치되어 있다.

"애초부터 그것들은 당신의 종이 진입하지 못하도록 결계를 완성시켜 뒀을지도 모를 일입니다. 아직 시험해 보지는 않았습니다."

둠 카오스에게도 언급했었던 그것이 성전의 탑에서 나오는 것이다.

돌이켜 보면 둠 카오스는 상황을 인지하고 있었던 것 같았다. 내 요구를 들어주지 않고서는 다른 대책이 없다는 것을 말이다.

어쨌든 고룡 놈이 지도층의 지시를 순순히 따른다면.

그건 수색지와 여기까지의 거리가 대응 가능한 영역에 속하기 때문이리라.

전선이 펼쳐진 북쪽으로 이동해서는 대응할 수 없는 것이고!

거기에서 놈의 위장 상태가 어떤지를 확신할 수 있었다. 놈은 어떤 방법을 통해 힘을 짓눌러 두었다. 나처럼 필요할 때 꺼내 쓸 수 있도록 만반의 준비를 갖춰 놨겠지.

내게 발각되지 않는 상태로 위장해서.

지금 이 순간에도 내가 나타나기만을 기다리고 있을 것이다.

*   *   *

놈이 가까이에 있었다.

일부러 시선을 돌리지도 그렇다고 놈을 응시하지도 않았다.

자연스럽게 행동했다.

수색대는 총 스무 명으로 구성돼 있었는데, 나는 어쩔 수 없이 외톨이였다.

놈도 다른 구원자의 도시민들 사이에서는 어색한 기류가 흘렀다.

어느덧 우리는 발을 맞추고 있었다.

"어제는 지나쳤다. 아무리 생각이 다르다고 해도 그러면 안 되는 일이었다. 김지훈 님은 우리 중 누구보다도 그분의 성역(聖域)에 가장 가까운 분이시다."

앞에서 걷던 이가 내 눈길을 무시하고 놈에게만 말했다.

"그럼 그분의 장비를 두고 모두가 떠나는 게 옳은가? 김지훈 님께서도 결국 버틸 수 없을 만큼 그분의 강한 힘이 흘러나오는 장비다. 그게 적들의 손에 넘어갈 경우엔……."

"그러니까 그런 걸 누가 만질 수 있다고? 김지훈 님께선 그분의 전쟁에 일조하려는 생각이셨다. 우리들이 매 순간 뜻을 일치시켜 오지 않았다면 지금의 우리는 없었다, 동지."

누가 만질 수 있긴.

이놈이 만질 수 있다.

지금 상태로는 불가능하지만, 힘을 전부 개방한 상태에서는 가능하다.

그럼에도 놈은 완벽한 기습을 위해 반지를 방치해 두었다. 나를 제거한 다음에 가져가도 늦지 않다고 생각하고 있을 것이다.

하지만 틀렸다. 나는 이미 도착해서 네놈을 지척에 두고 있다.

구원자의 도시민들과 사에카 그룹이 위치한 곳과는 상당히 거리가 벌어졌다.

애초부터 수색은 놈을 끌어내기 위한 수단일 뿐, 정말로 그걸 속행할 생각은 없었다. 놈에게 말을 붙여 볼 필요도 없다.

나는 걸음을 살짝 늦췄다.

오히려 내게 이로운 상황이 아닌가. 놈은 나를 기습할 단

꿈에 젖어 제힘을 개방시킬 때만을 기다리고 있지만, 실은 스스로 제힘을 봉인시켜 둔 거나 크게 다를 바 없는 상황이다.

그것은 나도 마찬가지지만 지금 놈은 앞에서 뒤통수를 보이고 있고 나는 그 뒤에 있다는 것이, 놈과 나의 큰 차이였다.

더 그레이트 그린의 대가리를 날렸을 때처럼 신속해야 한다.

전방에 들어오기 시작한 절벽 앞을 기습 장소로 삼았다. 수색대는 수색 지역으로 삼은 목적지를 향해 계속 전진 중이었고 절벽을 그대로 관통할 계획인 것 같았다.

모두가 절벽 아래로 몸을 던진 때가 바로 기습의 순간이다.

저벅. 저벅.

바람이 부드럽게 일었다. 하지만 그것은 정작 피부를 자극하는 통증을 수반했다.

탐사대장 격인 이가 걸음을 유지하며 말했다.

"섹터 23의 영향권이다. 섹터 15까지 얼마 남지 않았다는 뜻이다. 지금부턴 정신 똑바로 차리고 각별한 주의를 기해라."

이들 중에서는 내 위장 신분이 최약체인데 누구도 나를 신경 써 주는 이가 없었다. 내가 조심스러워하는 걸 당연하게 여기고 또 무시한다.

그건 놈도 마찬가지라서 놈은 뒤통수만 보일 뿐 이쪽을 돌아보는 경우가 없었다.

한편 절벽 너머에는 산처럼 땅이 솟구쳐 버린 일대가 있었다. 거기에서 기운 그림자는 절벽을 넘어 우리에게도 닿았다.

그렇지 않아도 그리 밝지 않은 날이었다. 어둠에 잠긴듯한 느낌이었고 눈앞의 절벽은 지옥으로 끌어당기는 수렁처럼 보였다.

이 모든 느낌은 섹터 23. 올드 원과 둠 카오스의 강력한 충돌이 있었던 곳으로부터 불어오는 바람의 영향 때문이었다.

구원자의 도시민들은 내 뼈 반지에서 강력한 힘이 흘러나온다고 말하지만 정작 제일 강력한 힘은 그 지역으로부터 흘러나온다.

살짝 닿는 것만으로도 정신을 건드는 힘.

일행들의 걸음은 눈에 띄게 느려졌다. 나도 그랬다. 놈도 그랬다.

어쩌면 놈도 내 위장을 파악하고 때를 준비하고 있는 것은 아닐까, 하는 불안함이 스멀스멀 피어올랐다. 하지만 그것도 바람이 멎은 순간을 기점으로 완벽히 사라졌다.

시야가 깨끗해지고 있었다.

정말로 날이 밝아지고 우리를 덮고 있던 그림자가 치워진 것이 아니다.

휙! 휙!

일행들이 하나둘 절벽으로 몸을 던지면서 시야에 공백이 늘어나고 있는 것이다.

놈이 어제 김지훈에게 대들었던 건 실수였다. 덕분에 나 같은 외톨이로 자연스럽게 밀려나 있었으니까.

놈이 내 앞 차례로 몸을 던지려던 그 순간.

아직 힘을 개방시킨 것도 아니었는데 선명한 길이 보였다.

놈의 대가리를 날려 버릴 수 있는 전검(戰劍)의 궤적!

하지만 서둘 것 없다.

모든 건 내 통제하에 있다.

[정체불명의 돌을 사용했습니다.]

[정체불명의 돌이 '오딘의 왼 눈'으로 변환 되었습니다.]

[오딘의 왼 눈을 사용했습니다.]
[레벨이 상승 하였습니다.]

[변동 레벨: 281 → 641]

……

[특전 '2회차'를 진행합니다.]

……

[특성 역경자의 숙련 레벨이 상승 하였습니다.]

……

찰나에 쏟아지는 메시지.

어차피 안대 따위는 바로 폭발해 나오는 그 힘을 주체할 수 없다.

안대와 후드를 한 손에 뜯어 버렸다.

놈은 절벽 아래로 막 몸을 던진 상황이었는데, 놈의 고개가 내게 돌려지고 있었다. 초월 구간의 감각망 안에선 놈의 고갯짓이 참으로 느렸다.

놈의 표정이 경악으로 변하는 과정도 꽤나 느리다. 과연 놈의 위장은 완벽해서 놈이 고룡이라는 실질적인 증거는 포착되지 않았다.

하지만 경악으로 물든 놈의 두 눈.

거기에서 순간에 피어오르는 적의(敵意)는 구원자의 도시민이라면 내게 보일 수 있는 것이 아니다.

『네 놈은 여기서 죽어라.』

전음을 쏘아 던졌다.

하지만 지금의 놈에게는 어떤 음성이 아니라 고막을 꿰뚫어 버리는 공격으로 작용될 일.

그렇다고 당장 놈의 양 귀에서 피가 솟구쳐 나오진 않는다.

지금, 놈과 내가 존재하는 영역은 서로 다르니까. 놈이 느끼는 시간과 내가 느끼는 시간은 다르다.

놈에게는 한순간이다.

그렇게 놈은 찰나에 무슨 일들이 일어날지 알 수 없을 것이다. 내게 대적해야겠다고 마음먹을 때는 온몸이 터져 나가는 자신을 보게 될 뿐.

그러며 소멸되는 영혼의 고통에 몸부림칠 것이다. 올드 원에게 고자질할 새도 없이!

하이 리스크 하이 리턴이다. 위장이 간파되었다면 응당 치러야 하는 결과가 있는 것이다. 나도 감수했던 일 아닌가.

『죽어라.』
『죽어라.』
『죽어라.』

짜릿함이 온몸을 휘감는다.

[데비의 칼을 시전 하였습니다.]

[오딘의 분노를 시전 하였습니다.]

[오딘의 신수를 시전 하였습니다.]

쇄도하는 칼날 그리고 찢어져 나오는 벼락 줄기들.

화르르륵!

그 속에는 나도 있었다.

그때도 나를 향해 돌려지고 있던 놈의 고갯짓은 완성되

지 않았다.

Chapter 6.

　놈의 얼굴에선 실금들이 그어지고 있었다. 그러며 서서히 벌어지는 피부 틈 사이로는 핏방울들이 맺혀 나온다.

　얼굴뿐이겠는가.

　품 안으로 향하던 놈의 손짓도 움직임이 멎은 채로 갈가리 찢기는 중이었다.

　데비의 칼이 놈을 난자하는 속도는 지금의 놈으로는 감히　을 수 없는 속도다.

　또한 벼락 줄기들이 놈의 귓구멍과 안구를 파고들어 피부를 뚫고 나오는데, 그때 이는 고통 역시 놈에게는 제대로 전달되지 않을 일이다.

놈의 육신은 이미 끝났다.

내 주먹보다 풍압이 먼저 놈을 휩쓸어 버렸다.

휘아아아악—!

놈의 상태는 수천 조각짜리 퍼즐 조각과 하등 다를 바가 없어서, 그 순간 조각조각 난 놈의 육신은 그대로 전부 다 분리되었다.

마치 퍼즐 판을 뒤엎어 버렸을 때 퍼즐 조각들이 와르르 쏟아지듯이 말이다.

핏물들은 이미 굳어 버렸을뿐더러 그마저도 미세한 가루로 쪼개져 먼지처럼 흩날리려는 조짐이 보였다. 하지만 그것도 내가 아직 닿기 전의 일이다.

핏물이 굳어지고 갈려져서 만들어진 가루에 불씨가 붙었다.

육신이 조각 난 하나하나마다도 부피가 줄어들며 사방으로 튕겨 날아가려던 순간.

나는 그대로 난입해서 그것들 전부를 날개로 감쌌다.

화르르륵!

정확히는 날개에 감싸인 영역에 온갖 불순물들이 포함되어진 격이라 할 수 있었다.

그러나 애초부터 중요한 건 이런 찌꺼기들이 아니지 않은가!

놈이 줄곧 가슴 안에 숨기고 있었던 그것.

온갖 찌꺼기들이 날개 안에서 사그라지고 있었지만, 그것만큼은 온전한 상태로 존재했다.

추정해 왔던 모습대로 작은 크기의 단검이었다.

[정체 불명의 성물 (아이템)]

과연 오딘의 왼눈이 만들어진 방식과 일치한다.

고룡 하나의 힘이 집약된 물건임이 틀림없는 것이다. 현재 상태론 딱히 정화를 거치지 않아도 쥐는 게 가능하게끔 본 힘이 짓눌려 있었다.

하지만 이것을 개방하는 건 다음으로 미뤘다. 지금 개방해 봤자 거기에 담겨 있는 고룡의 권능에 방해만 받을 뿐이니까.

그것을 낚아채자마자 감각을 집중시켰다. 날개 안에 갇혀 오갈 데가 없게 된 또 다른 움직임을 향해서였다.

육안으로는 식별할 수 없는 움직임이었으나 더 그레이트 그린 때도 그랬듯이 지금 또한 그 절규의 몸짓을 느낄 수 있었다.

고룡의 영혼.

전에는 이것들의 습성을 잘 몰라서 대처하질 못했지만, 지금은 다르다.

이것들이 육신을 잃었을 때는 영혼이 빠져나오고, 이후 영혼의 한구석에서 심장을 형성시킬 수 있으며, 심장이 완성되는 순간에는 바야흐로 올드 원을 강림시킬 수 있었다.

하지만 이번에는 그럴 틈을 주지 않으리라.

날개로 가둬진 작은 영역 안에서 놈과 마주하고 있는 꼴이다.

눈에 보이지 않는다고 해서 놈의 영혼이 존재하지 않는 게 아니다.

그것은 내게서 도망치기 위해 발악하고 있는 중이다. 날개 벽을 때려 대는 무형의 힘이 그렇게 증가하고 있었다.

이윽고 줄곧 기다려 왔던 현상이 포착되었다.

아주 미세한 알갱이.

그 티끌이 바로 심장으로 급격하게 완성되어져 버리는 근원이었고, 나는 그것이 나타나자마자 한 손에 움켜쥐었다.

주먹은 완전히 닫혀지지 않았다. 찰나에 자라난 크기가 있어서 주먹은 반쯤 벌어졌다.

주먹 틈 사이로 검은 오라가 꿈틀거리는 게 보였다. 날개 벽을 때려 대던 놈의 힘은 그때 줄어들어 심장을 완성 짓는 쪽으로 집중되기 시작했다.

[경고: 더 그레이트 블랙의 심장이 생성 되고 있습니다.]

[진행 상태: 45%]

……

[진행 상태: 51%]

[경고: 심장이 완성될 시, 더 그레이트 블랙은 권능 '본체 강림'을 시전 할 수 있습니다.]

[진행 상태: 54%]

이미 죽은 놈의 힘이 왜 이렇게 센 건지, 손등의 핏줄 하나가 터지고 말았다. 놈의 심장과 맞닿은 부분에서는 뜨거운 통증이 지글거렸다.

하지만 놈이 느끼고 있을 고통에 비한다면 이건 아무것도 아니리라.

심장이 완성되려는 힘과 한참을 겨뤘다. 주먹 관절마다 삐그덕. 팔 전체가 떨렸다. 그러다 한 기점에서 느낌이 왔다.

주먹 틈마다 꿈틀거려 댔던 검은 오라가 일거에 심장 안으로 빨려 들어갔으며 서서히 증가하고 있던 힘의 추세도 한풀 꺾이는 것이었다.

박차를 가할 때였다.

[진행 상태: 54%]

······.

[진행 상태: 32%]

······.

[진행 상태: 1%]

어느 여성체의 비명 소리가 처절하게 진동해 나왔다.

— *안 돼애애애애애액······.*

끝까지 비명을 참더니, 마지막에 가서는 결국 터져 버린 모양이었다.

그럴 수밖에.

결국 심장을 완성시키지 못했을뿐더러 영혼 또한 결국 내게서 벗어나지 못하고 심장과 함께 압살(壓殺)되기 때문일 것이다.

와직!

심장이 파괴되는 소리가 유난히 크게 들렸다.

마침내 주먹이 다물어졌을 때야말로, 나는 이를 악물어야 했다.

[더 그레이트 블랙을 처치 하였습니다.]

아무리 사그라들었다고는 하나 그래도 잔존해 있는 힘이 있다. 채 완성되지 못하고 줄어든 그대로 응집되어 버리고만 힘.

그 마지막 저항의 힘이 눈앞에서 폭발할 것이다.

빌어먹을 그것이 주먹 안, 한 중앙에서 터져 버리려 한다.

역시나.

[오딘의 신수가 파훼 되었습니다.]
[오딘의 분노가 파훼 되었습니다.]

콰아아앙!

＊　　　＊　　　＊

추락하고 있었다. 시선을 되찾자마자 내 숭배자들의 안위부터 살폈다.

그간 어지간한 피해들은 날개벽 안에 가둬져서 그들에게는 큰 영향이 미치지 않았고 마지막 폭발 역시 내가 감수했었다.

그러나 그들 위로 무너지고 있는 절벽이나 사방의 균열은 또 다른 문제였다.

나는 그들 앞으로 착지한 후 풍압을 일으켰다.

주먹을 뻗을 때마다, 이쪽으로 쏟아져 오는 흙더미들과 지각 덩어리들은 가루로 갈려져서 반대 방향으로 휩쓸려 나갔다.

주먹질을 멈춘 건 사방이 잠잠해진 걸 확인한 후였다.

일단 단검을 쥐고 있던 팔 쪽은 괜찮았다.

주먹질을 해 댄 것도 그쪽 팔이었다. 그러나 마지막에 폭발을 감수했던 반대쪽 팔은 사정이 지랄 맞았다. 여태껏 달라붙어 있는 게 신기할 정도로 축 늘어져서는 신경 쓸수록 통증만 배가될 뿐이다.

"오…… 오딘이시여……."

한편 내 숭배자들은 그들을 위해 내가 무엇을 베풀어 줬는지 모르지 않았다.

먹먹하고 감격에 젖은 눈길. 광신(狂信)의 위험한 시선들을 앞에 두고 나자 비로소 무슨 일을 저질렀는지 깨달았다.

돌이켜보면 구원자의 도시민들이라 자칭하고 있는 그들을 직접적으로 살펴 준 건 이번이 처음이었다. 내 스스로 판단하기에 어제 받았던 큰 감명이 원인이었다.

그때 즈음 구태여 뭉족 수신의 징벌을 시전하지 않더라도 팔을 움직이는 게 가능해졌다.

피부가 아물고 있었다.

그런데 구원자의 도시민들이 일제히 제 전투복을 벗기 시작하는 것 아닌가. 시킨 것도 아니었고 눈길을 준 것도 아니었다.

나는 그것들 중의 하나로 넝마가 된 의복을 갈아입었다.

"……미처 몰라뵈었습니다. 죽여 주소서."

"죽여 주소서."

"죽여 주소서어어어—"

실제로 그들은 한 명도 빠짐없이 무릎을 꿇고 고개를 수그렸다. 언제고 내려칠 수 있게끔 목 뒤를 훤하게 내밀면서 말이다.

"너희들의 공로는 다음에 계산해 주겠다. 본진으로 합류하도록."

그렇게만 말을 던져 놓고 발걸음을 옮겼다.

그때 더 그레이트 블랙의 심장을 취할 수 없었던 아쉬움을 떨쳐 낼 수 있던 까닭은 그만한 것이 전리품으로 쥐어져 있기 때문이었다.

블랙은 한 번도 써 보지 못하고 고스란히 내게 바칠 수밖에 없었던, 바로 이것.

[정체불명의 성물 (아이템)
사용하기 전까지는 정체를 알 수 없는 성물 입니다.
아이템 등급: ?
아이템 레벨: ?]

오딘의 왼 눈으로 변환되는 정체불명의 돌과 영락없이 닮게 만들어진 그것은 뼈 반지를 압도하는 강력한 물건일 것이다.

이것의 진짜 정체를 개방시키기 전에 먼저 해야 할 일이 있었다.

더는 필요 없어진 위장을 벗겨 내는 일.

'오딘의 왼 눈'이 우리 진영의 누군가나 적대 진영의 수중에 들어가는 일이 생긴다면 그보다 끔찍한 일은 없을 터.

그런 일이 일어날 가능성은 거의 전무하지만 성 카시안이나 제이둔쯤 되는 놈이 갑자기 출몰하면 또 모를 일이다.

걸음을 멈추고 적당한 곳에 자리를 잡았다. 그간 쌓아 왔던 설계도들을 한 카테고리로 묶어 넣는 과정은 그리 어려운 일이 아니었다. 특성 추출자를 만들어 냈던 과정을 따른다.

추출과 흡수 과정이 스스로 작동하게끔 내 몸 안에 그러한 장치를 심어 뒀었던 당시처럼, 설계도들을 관리하는 영역을 만드는 것!

[* 보유 중인 설계도]

[1. 인장, 시간 역행]
[2. 특성, 추출자]
[3. 아이템, 오딘의 왼 눈 ― 정체불명의 돌]
[4. 스킬, 헤르메스의 순간 이동]
[5. 스킬, 신성의 샘]
……

첫 시작은 추출자부터.

[특성 '추출자' 를 획득 하였습니다.]

[추출자가 발동 했습니다.]

[대상: 아이템, 오딘의 왼 눈]

[이름: 나선후 레벨: 641 (오버로드) * 2회차 *]

[본신의 힘을 되찾았습니다.]

＊　　　＊　　　＊

　신마대전. 전성기 당시의 엔테과스토는 얼마나 강했단 말인가?

　전리품을 개봉하기 앞서 문득 그런 생각이 들었다.

　더 그레이트 레드 휘하의 고룡들은 엔테과스토의 이름만으로 지레 겁을 먹고 도망칠 정도였었다.

　엔테과스토의 힘은 고룡 하나하나의 전력을 압도했을 것이다.

　그것이 본인의 힘이었든, 둠 카오스에게 빌려온 힘이었든지 간에 내가 가능한 영역보단 훨씬 웃도는 힘이었을 거라는 소리다.

　지금에 이르러서는 신격을 상실하기까지 처박힌 신세라지만 당시에 놈은 그렇게나 강력했다. 그랬기 때문에 더 많은 전리품을 온전히 챙길 수 있었던 것이다.

그러나 나는 아니다.

블랙이 본체를 끄집어내기 전에 뭉개 없애 버리는 것이
최선이었다. 그래서 블랙은 하나 남긴 것 없이 소멸되었
다.

심장도 두개골도 어떤 내장물도.

하지만 단언컨대.

전성기의 엔테과스토조차도 이런 것은 얻지 못했으리라.

[정체불명의 성물을 사용 했습니다.]

떠라! 떠!

[정체불명의 성물이 '더 그레이트 실버'로 변환 되었
습니다.]

[탐험자가 발동 하였습니다.]

[더 그레이트 실버 (아이템)

더 그레이트 실버의 희생 정신이 깃든 위대한 성물
입니다. 또한 어둠의 마왕 둠 맨을 대적하기 위해 만들
어진 가공할 무기입니다.

더 그레이트 실버의 두개골로 벼려진 날카로운 날에는 더 그레이트 실버의 영혼이 깃들어 있으며 더 그레이트 실버의 총체인 심장을 박아 넣어 성물의 신격을 완성 하기에 이르렀습니다.

더 그레이트 실버의 권능과 영혼 의지는 성물 자체에 강제 되어 있습니다. 이는 본 성물의 주인으로 발탁된, 더 그레이트 블랙이 원활하게 사용할 수 있게끔 만들어진 강력한 축복이자 속박입니다.

* 정화가 필요 없습니다.
* 둠 카오스 진영의 존재들을 대상으로 위력이 대폭 증가합니다.

아이템 등급: SSS
아이템 레벨: 700

효과 : 권능 저항력 + 50 %, 정신 저항력 + 50%, 영혼 저항력 + 50%, 모든 스킬과 특성의 유지 시간 + 300%
더 그레이트의 공통 권능 '게이트 생성'
더 그레이트의 공통 권능 '정화'

더 그레이트의 공통 권능 '폴리모프'
더 그레이트의 공통 권능 '본체강림'
더 그레이트 실버의 고유 권능 '강철의 장막'
더 그레이트 실버의 고유 권능 '강철의 구름'
더 그레이트 실버의 고유 권능 '강철의 브레스'

물리 방어력 : 300000 / 300000
마법 방어력 : 300000 / 300000
보유 권능 : 1000 / 1000]

그렇다. 날 죽이기 위해 만들어진 물건이 지금 내 손안에 있었다.

＊ ＊ ＊

드드드드—

엘프들의 탑에서 폭격이 시작된 것일 수도 있었다. 땅에서 일어난 진동은 지진처럼 거셌고 잇따라 부딪쳐 온 폭음 역시 예사롭지 않았다.

탐색대가 떠난 방향에서 심상치 않은 일이 터진 것이 분명했다.

'하필 지금 터질 게 뭐꼬.'

혼다의 얼굴은 불안함으로 굳었다.

폭음도 굉장했지만, 땅까지 다 뒤흔드는 파괴력이라니. 무탈하게 사령부로 합류할 날만을 기다리고 있던 그로서는 제일 염려하던 상황에 부딪힌 것이었다.

곧 진동이 잠잠해졌다.

추가적으로 들려오는 폭음도 없었다. 하지만 그게 더 불안했다.

돌아가는 상황이 정말로 그랬다. 한데로 집결한 구원자의 도시민들이 그룹을 나누고 있는데, 보아하니 사건의 중심지로 상당한 병력을 보낼 계획인 것 같았다.

다시 말하지만, 이 먼 거리까지 땅을 뒤흔든 폭발의 중심지로 말이다.

폭격이 아니라면? 이계의 강력한 종(種)이 출몰한 것이라면?

혼다는 구원자의 도시민들에게 불려 간 리더 사에카를 기다렸다. 구원자의 도시민들이 어떤 지시를 내리고 있었는데, 리더 사에카는 거기에 항변하고 있었다.

혼다의 감각으로 그들의 얘기를 엿듣기는 무리였어도 대충 짐작 가는 바가 있었다.

사에카가 돌아오길 기다리고 있던 건 혼다뿐만이 아니었

다. 사에카가 돌아오는 시점에 그룹원 모두가 그녀를 마중하듯이 움직였다.

혼다가 제일 먼저 물었다.

"이라믄 안 되는 깁니다. 진짜로 병력을 둘로 나눈다 캅니까?"

구원자의 도시민들이 병력을 나눈 구성은 8:2의 비율이었다.

"구원자의 도시민들은 폭격이 아니라고 판단하였다. 초월체이거나 그에 준하는 적들의 본대가 투입되었을 거라 한다. 나도 같은 생각이다. 폭격이었다면 우리도 발견할 수 있었을 테니까."

"척 봐도 2할쯤 되어 보이는데, 그기 무슨 미친 짓꺼리입니까. 다 같이 여기에 남아도 어려운 판국에 사람만 잃는 거 아입니까."

"2할이 아니다."

사에카는 구원자의 도시민들이 대부분 운집해 있는 쪽을 응시하며 대답했다.

순간 혼다는 할 말을 잃었다.

그러니까 구원자의 도시민들 대다수가 사건의 현장으로 투입된다는 것 아닌가?

"구원자의 도시민들은 그분의 반지가 안치되어 있는 이

곳을 전장으로 만들 수 없다는 쪽으로 서로의 뜻을 일치시켰다. 거기에 대해서 우리는 왈가왈부할 수 없다. 또한 우리는 애초부터 협회장님의 지시에 따라 반지를 지키라는 임무를 받았다. 해서 지금. 우리에게 주어진 선택지는 두 가지라 할 수 있다."

사에카의 비장한 눈빛에 혼다뿐만 아니라 그녀의 그룹원 모두가 숨소리마저 죽였다.

"승산이 있다 보고 여기에 남든지. 아니면 탈주하든지."

직전까지만 해도 사령부에 합류할 단꿈에 젖어 있었다. 그런데 이제는 탈주까지 계산해야 할 정도로 궁지에 몰린 것이었다.

하지만 마냥 비통에 빠져 있기에는 시간이 허락되지 않을 것 같았다.

무엇이 터졌든지 간에 그것이 조만간 여기까지 닥칠 것이다.

"탈주한다믄 어디로 가는 깁니까? 협회에서 가만히 두지 않을 낀데."

"동부에 일곱 도시 연합이란 세력이 있다. 엑사일 제국보다는 그쪽에 전향하는 편이 우리가 활동하는 데 이로울 것이다. 그때 가서도 사정이 여의치 않게 된다면 바다를 건너게 되겠지. 이건 어디까지나 탈주하기로 뜻을 맞췄을 때의 일이다."

탈주 계획에는 본토가 들어가 있지 않았다.

본토에 잠깐 귀환했던 동안 보아 온 게 있었기 때문이었다.

비등록 각성자와 참전을 거부하는 각성자들이 어떤 파국을 맞이했는지.

협회의 추격을 피하기에는 위성과 네트워크가 갖춰진 본토보다는 성(星) 드라고린이 우선되는 게 맞다.

모두는 실로 고통스러운 계산에 빠졌다. 말없이 복잡스러운 눈빛들만 오고 간다.

시간이 없지만 그렇다고 쉽게 결단할 일도 아니었다. 그때 혼다는 사에카의 눈치를 살피며 리더인 그녀가 먼저 시원하게 결정해 주길 바랐는데, 갈피를 못 잡고 있는 것은 그쪽도 마찬가지였다.

그래서 혼다는 이 와중에도 일사불란하게 움직이는 구원자의 도시민들이 기이하게 여겨졌다.

어떤 상황이든지 간에 제일 중요한 건 본인의 목숨인 법이다. 그럼에도 불구하고 그들에게는 목숨보다 더 높은 가치를 두고 있는 게 있었다.

어제 그들에게 엘프들의 탑을 치라는 자살 임무가 떨어졌을 때, 약간의 실랑이가 있었던 것도 목숨 때문이 아니었다.

그런데 왜일까.

문득 혼다는 그들이 부럽다는 생각이 들었다.

* * *

구원자의 도시민들은 그분의 장비를 안치한 곳을 전장으로 만들 수 없다는 명분에 따라서 움직였다.

그들이 대다수 빠져나가자 공백이 더욱 크게 보였다.

그때까지도 사에카의 그룹원들은 결정을 합치시키지 못했다.

그러나 남아 있는 구원자의 도시민들에게 가까이 합류하게 되었을 때, 사실상 탈주라는 선택지는 사라지게 된 것이었다.

'안전국이 있었으믄 뭔가 달라졌을 수도 있었을 낀데……'

특성, 탐험자는 그랬다.

그들은 극소수였지만 그들의 특성에 대해서만큼은 의외로 많이 알려져 있다.

게이트가 열리는 걸 사전에 포착할뿐더러, 어떤 위기에 닥쳤을 때 생각도 못 한 해법이나 대단한 행운이 그 특성에서 나왔다.

지금에야 시스템이 사라지고 없어서 직감으로 대신되고 있다지만 시스템이 남아 있었던 시작의 장에서 탐험자의 능력은 특별했었다.

그 특별함 때문에 결국 죽임을 당하고 말았다만.

혼다는 시작의 장에서 만난 적이 있었던 탐험자를 떠올리다가 그만두었다.

"안전국 가는 죽었겠지요?"

사에카는 대답하지 않았다. 상황이 이리 급박하게 반전될 줄이야 누가 알았을까, 그녀도 혼다와 똑같은 후회를 하고 있었다.

혼다와 사에카는 거의 동시에 뒤로 시선을 돌렸다.

바리케이드 너머로 그분의 뼈 반지가 있었다.

극도의 행운과 위기를 연달아 선사해 준 물건.

금빛의 오라가 살아 있는 생물처럼 반지 전반에 걸쳐서 꿈틀거려 대는데 사에카는 거기에서 눈을 떼질 못했다.

혼다는 주제넘은 참견이라는 것을 알면서도 말해야만 했다.

"김지훈 님도 버티지 못했다 아입니까? 하물며 직접 착용이라도 하다가는 그대로 아작 나고 말 낍니다."

일본어였지만 전해지는 느낌이 있기 때문이었다. 구원자의 도시민들이 섬뜩한 눈빛으로 돌변하며 둘을 노려보았다.

그때였다.

화아아아악.

강한 바람이 몰아쳐 왔다.

혼다는 물론이거니와 사에카마저도 눈을 보호해야 하는 강력한 바람이었다. 사건 현장 방향에서 불어온 바람이었고 흙먼지가 동반되었다.

순간 일대는 뿌연 먼지에 잠겼다.

마침내 그 순간이 오고 만 것이 분명했다.

앞서 타격에 나섰던 구원자의 도시민들이 어떻게 됐는지는 알 수 없으나, 다시금 분명해진 건 남은 인원들로만 맞서 싸워야 한다는 것이다.

"전투 준비!"

구원자의 도시민들 중에서 누군가 외쳤고.

"전투 준비!"

사에카가 그녀의 그룹원들에게 고한 외침 역시 혼다의 고막을 찔러 들어왔다.

혼다는 눈을 뜰 수 없었다. 그는 흙먼지가 강렬한 바람과 함께 그대로 휩쓸려 나간 후에야 시야를 되찾을 수 있었다.

그런데 방어막이 띄워지지 않은 걸 보면 어떤 공격이 있었던 것도 아니었는데, 사방이 쥐 죽은 듯 조용했다.

그때 혼다의 시선에 들어온 건 어쩐지 낯익은 뒷모습이

었다.

혼다는 바리케이드 너머, 뼈 반지를 내려다보고 있는 자를 향해 소리쳤다.

"안전국, 니! 미쳤나아아아아아—!"

안전국 그 녀석이 거기에 어떻게 있을 수 있었는지는 알 수 없다.

눈을 떴을 때 바로 보이는 게 그 광경이었을 뿐이다. 죽은 줄로만 알았던 안전국이 바리케이드 너머, 뼈 반지를 취하려 하고 있었다.

혼다는 그쪽에서 자신을 향해 돌려지는 얼굴을 뚫어져라 쳐다보았다.

안대는 어디다 팔아먹었는지 왼 눈두덩이가 아물어진 얼굴이 그대로 노출되어 있는 바. 외눈깔 안전국, 그 녀석의 얼굴이었다.

그런데 뭔가 이상했다. 그 녀석의 남아 있는 한쪽 눈깔이 자신을 잠깐 쳐다보는데 오싹한 느낌이 등골을 타고 올랐다.

그렇지 않아도 사방은 끔찍하게 조용하기만 했다. 귓구녕을 제대로 가격당한 것 같은 이명이 삐— 하고 울릴 정도였다.

"아, 아, 아니 왜 저걸 다 보고만 있는 깁니까?"

혼다가 떨리는 목소리와 함께 옆으로 고개를 돌렸다. 리더 사에카가 있던 쪽을 향해서였다. 그러나 사에카는 보이지 않았다.

그룹원들뿐만 아니라 구원자의 도시민들까지 전부 다 무릎을 꿇고 있었다.

혼다의 고갯짓은 고장 난 기계처럼 삐걱거렸다. 그렇게 혼다는 아래로 시선을 떨어트리고 나서야 거기서 무릎을 꿇고 있는 사에카의 정수리를 발견할 수 있었다.

'대체…….'

누구도 자신에게 얘기해 주는 사람이 없었다. 어떤 책망의 눈짓조차 없었다.

전부 다 무릎을 꿇은 채로 고개만 숙이고 있을 뿐이다. 혼다의 온몸이 벌벌 떨리기 시작했다.

그는 자신도 무릎을 꿇어야 한다는 생각조차 하지 못한 채, 방금 전에 저지르고 말았던 짓에 멍해지고 말았다.

"안전국, 니! 미쳤나아아아아—!"

정말이었다.

미친 건 자신이었다.

직전의 미친 짓을 시작으로 지난 이틀간의 일들이 생생

하게 떠오르기 시작하는데, 하나같이 오만방자한 언행으로 점철되어 있었다.

혼다는 진실로 정신이 붕괴되는 것 같은 느낌을 받았다. 망연해진 그의 시야로 뼈 반지를 집어 든 그분의 뒷모습이 보였다.

뼈 반지의 금빛 오라는 그분께 동조하고 있었다.

그것만으로도 경이로운 광경이지만, 그 오라는 그분의 한 손에 쥐어져 있는 단검에 미쳤을 때 황금빛 물결로 한 번 더 폭발했다.

그러나 혼다에게는 마냥 경이롭기만 한 광경이 아니었다.

그는 어느새 그분의 모습에서 시작의 장 말엽에 있었던 일을 그려 내고 있는 중이었다.

그때는 참혹한 몰골로 죽어 버린 자들이 참으로 많았다. 다른 이들의 생사를 주관해 왔던 무시무시한 자들이 그때 오딘의 앞에서 한 줌의 재로 변했다.

"오딘을 뵙습니다!"

"오딘을 뵙습니다아아아—!"

지금까지 조용했던 까닭은 이 한 번의 폭발을 위해서였던 것 같다.

구원자의 도시민들은 열광에 휩싸였으면서도 엄숙했다. 절제된 그 분위기가 혼다에게는 공포스럽게 느껴졌다.

그분이 직접적으로 자신 같은 것 따위의 목을 날리러 오지 않더라도 외침 하나하나의 주인들이 자신을 가만히 놔두지 않으리라.

문득 혼다는 아직까지 서 있는 자신을 발견했다.

후들거리는 다리.

황급히 무릎을 꿇으려는데 너무 늦은 것이었다. 입은 뭔가에 의해서 동여매진 것처럼 열리지도 않았다. 그분의 얼굴이 바로 지척까지 가까워졌을 때야말로, 혼다는 모든 게 아득하게 멀어지는 기분이었다.

실제로 그랬다. 무슨 일이 일어나고 있는지 판단되지 않았다.

정신이 제대로 든 건 상황이 끝난 후였다. 바로 직전에 있었던 일들이 아주 오래된 기억처럼 희미하다.

혼다의 고개는 그의 어깨 한쪽을 향해 느릿하게 돌아갔다.

그분이 지나가면서 어깨를 툭툭 치시고는 이렇게 말씀하셨다.

"혼다, 너희들은 이 길로 사령부에 합류하라."

그분께서 자신의 이름을 직접 불러 주신 것이었다.

오오. 오딘이시여.

＊　　　＊　　　＊

"혼다, 너희들은 이 길로 사령부에 합류하라."

나는 전선으로 향하지도 황금 갑옷을 회수하러 가지도 않았다.

첫 목표지는 섹터 23이었다.

엘프들의 여왕이 직접 참전할 수밖에 없었던 까닭이 그곳에 있기 때문이다.

도착한 거기에선 강렬한 힘의 파장이 흘러나오고 있었다. 싱크홀처럼 깊게 파인 지하가 곳곳에서 눈에 띄었고 파괴된 뇌신 창 조각도 보였다.

지금 당장 파장의 근원지로 뛰어내렸다가는 위험하다는 것쯤은 구태여 감행해 보지 않아도 알 수 있는 일이다.

둠 카오스와 올드 원이 충돌하며 생긴 강력한 현상.

그나마 힘이 미약해져 있었고 그래서 머지않아 진입을 시도해도 될 수준까지 그 힘이 떨어질 거라 판단되었다.

그쯤에서 보관함을 새로 생성하고 단검을 세세히 살펴볼 수 있는 여유가 생겼다.

일단 허공부터 움켜쥐었다. 공간에 개입하는 압력(壓力)

이 내 손아귀에서부터 시작됐다.

[보관함이 생성 되었습니다.]

*　　　*　　　*

그렇지 않아도 더 그레이트 블랙이 제힘을 숨길 수 있었
던 까닭이 궁금하던 차였다.

나는 어땠던가?

많은 힘을 아이템 '오딘의 왼 눈'으로 투입시켜야 했었
다. 그마저도 올드 원의 설계도에 따라 한 번 더 포장할 수
밖에 없었다.

그러나 블랙에게는 그런 게 없었다.

놈은 안타까운 내 숭배자 하나의 모습을 갖춘 것만으로
도 능력을 완전히 숨기는 게 가능했었다.

해서 사태를 종결짓고 나면 그 설계를 찾아 흡수해야겠
다 마음먹고 있었는데 그럴 필요가 없어졌다. 단검 자체에
깃들어 있는 것 같다.

[폴리모프 (아이템 효과)]

더 그레이트 실버에 깃든 일곱 가지 권능 중 하나입니다. 육신을 타 종족으로 특정하여 변환 시킬 수 있는 '폴리모프'는 더 그레이트들이 공통적으로 가지고 있는 권능이기도 합니다. 많은 드라고린들이 이 권능의 축복 하에 탄생할 수 있었던 것입니다.

그러나 더 그레이트 실버의 폴리모프는 다른 더 그레이트들의 폴리모프 보다 특별합니다.

더 그레이트 실버의 숭고한 희생정신에 깊은 감명을 받은 올드 원이 그에게도 더 그레이트 레드와 동일한 권능을 허락 했기 때문입니다.

상세 효과: 오버로드 구간 이상의 감각을 지닌 타(他) 능력자라 할지라도, 사용자의 폴리모프를 눈치 챌 수 없을 것입니다.

소비 되는 권능은 특정한 조건에 따라 달라집니다.

* 강력한 종으로 구성할수록 소비 권능이 증가합니다.

폴리모프 해제 또한 특정한 조건에 따라 달라집니다.

* 강력한 종으로 구성할수록 완성 시간과 해제 시간이 증가합니다.]

이쯤 되면 공통 권능이 아니라 고유 권능이라 명명되는
게 맞다.

[아이템 효과(더 그레이트의 공통 권능 '폴리모프')를
(더 그레이트 실버의 고유 권능 '완전한 폴리모프')로 정
정 하시겠습니까?]

내 안의 시스템이 스스로 움직이며 메시지를 떠올렸다.
하지만 중요한 건 이름 따위가 아니다. 이것을 당장 추출
할 게 아니라면 능력을 제대로 파악해 둬야 했고 미룰 까닭
도 없었다.
그런데 정말로 폴리모프가 나를 새롭게 구성하는 것이라
면 미리 해 둬야 할 작업이 있었다.

[* 보관함]
[죽은 자들도 경외하는 둠 맨의 뼈 반지가 추가 되
었습니다.]

그런 다음이었다.
날에 깃들어 있다는 실버의 영혼 때문인지, 날 전체가 절
규하는 듯한 울림을 내기 시작했다.

[* 완전한 폴리모프]

[변환 하고자 하는 종(種)을 특정해 주십시오.]

[1.인간 및 그린우드 원주민 2.엘프 3.오크 4.드워
프 5. 그 외]

[인간 및 그린우드 원주민을 선택 하였습니다. 추가
로 특정해 주십시오.]

[1.인간 각성자 2.그린우드 검사 3.그린우드 마법사
4.인간 민간인 및 그린우드 비 능력자]

[1.인간 각성자를 선택 하였습니다. 추가로 특정해
주십시오.]

[1.브론즈 구간 2.실버 구간 3.골드 구간 4.플래티
넘 구간 5.다이아 구간 6.마스터 구간 7.첼린저 구간
8.엔더 구간]

탐험자를 담당하고 있는 영역이 매 순간 꿈틀거려 댄다.
거기에 감각을 집중시키고 있노라면 어쩐지 뇌리의 뉴런
하나하나가 번뜩이는 것만 같은 느낌까지 인다.

시스템 자체가 무의식을 헤집고 다니는 느낌일 터.

물론 올드 원은 더 이상 개입할 수 없고 오로지 나만을 위해 존재하는 시스템이다.

그럼에도 불구하고 인지하지 못하는 영역 안에서 스스로 움직이는 무언가가 존재한다는 건, 아무래도 꺼림칙한 일일 수밖에 없다. 많은 도움을 받고 있는 것과는 별개로 말이다.

[엔더 구간을 선택 하였습니다. 추가로 특정하여 주십시오. * 특정 가능한 최대 레벨은 640 입니다]

[LV 561 — LV 640]

[LV 640을 선택하였습니다. 계속 진행 하시겠습니까?]

아마도 더 그레이트 실버의 힘은 이 수준이 아니었을까?

나로 따지자면 스킬과 특성을 제외한 순수 능력치에 할당된 힘으로서 엔더 구간의 막바지에 도달한 정도.

정화도 필요 없이 누구든 사용할 수 있는 아이템이 바로 이 물건이다.

그나마 내가 만들어 냈던 오딘의 왼 눈은 내 권능이 통째로 깃들어 있었다. 권능을 다루는 초월체들 외에는 취할 수가 없었다.

그러나 이건 아니다.

말만 폴리모프일 뿐, 누구든 이 물건을 취할 수만 있다면 브론즈도 한순간에 엔더 구간의 최종 힘을 손에 넣을 수 있게끔 설계되었다.

그렇게 두 마리 고룡이 나를 도모하기 위해서 감당했던 리스크만큼은 수치화할 수 없으리라.

*　　　*　　　*

올드 원 진영에서는 성(聖) 카시안의 영혼 이전 반지로 불렸고 둠 카오스 진영에서는 둠 아루쿠다의 영혼 수확 낫이라고 불린 적이 있던 물건.

전향한 엘프가 바쳤었던 그것은 엔더 구간의 장벽에서 오버로드 초입 구간으로 한 번에 도약하는 데 제일 크게 기여했었다.

당시의 경험이 나를 유혹하기 시작했다. 자그마치 고룡 하나의 힘이 수중에 들어왔으니까.

아이템에 깃든 거대 마나뿐만 아니라 일곱 가지 권능까지 전부 다 흡수하는 게 가능했다면 당장 그렇게 했을 것이다.

뼈 반지를 흡수하지 않고 놔둔 이유도 같았다.

마저 실험을 계속했다.

어쨌거나 블랙이 힘을 숨길 수 있었던 까닭은 실버의 권능을 빌렸기 때문이라 확실시되는데, 그 원리를 직접 체험해 보고 싶었다.

타 종족으로 육신을 바꿀 경우에는 또 어떻게 작용되는지도.

특정할 대상으로 한 놈을 떠올렸다. 비록 정신세계에서였지만 그놈의 삶을 수없이 되풀이한 적이 있었다.

시스템이 움직였다.

[엘프를 선택 하였습니다.]

[소드 마스터를 선택 하였습니다.]

[홀리 나이트를 선택 하였습니다. (소비 권능: 160)]

[아이템 '더 그레이트 실버'를 사용 했습니다.]

감각이 몰입을 해칠 정도로 줄어들기 전에 최대한 많은 사실들을 밝혀내야 할 일이다.

나는 내부 세계로 돌입했다.

내부 세계는 사대 능력치의 힘을 품고 있는 껍질과 그 안으로 스킬과 특성 등을 다루고 있는 영역들이 포진되어져 있다.

그런데 껍질 위로 가히 외(外)껍질이라 할 만한 것이 생성되려는 움직임이 보였다. 사대 능력치를 구성하고 있던 내껍질과 새로운 외껍질로 나누어진다.

즉, 원래의 내부 세계에 또 하나의 세계를 덮어씌우는 꼴 아닌가?

원래의 내부 세계를 들여다볼 수 없게끔 말이다. 그때 불현듯 개입한 낯선 기운이 있었다. 내 황금빛 권능의 기운과는 엄연히 구분될 수 있는 것으로, 이번에 사용된 더 그레이트 실버의 권능 기운일 수밖에 없었다.

그것의 상당한 양이 내껍질과 외껍질을 구분 짓는 결계로 투입되었다.

그리고 남은 기운들은 외껍질 내부로 두 가지 영역을 구성하기 시작한다.

하나는 특성 영역을 연상케 하는 구성으로, 그리고 또 하나는 그린우드의 검사들이 품고 있는 검맥(劍脈)의 구성으로 완성되려 한다.

나는 독자적인 세계를 새롭게 창조해 내는 그 과정에 완전히 빠져들었다. 시간이 얼마나 지나고 있는지 잊을 정도였다.

이윽고 내껍질과 외껍질이 분리되기 시작한 이후, 몰입을 유지하기 위해 최선을 다했지만 어쩔 수가 없었다.

내부 세계에서 튕겨져 나오다시피 했다.

[태고의 분노 (특성)

둠 카오스와 휘하 마왕들을 향한 분노가 당신을 이끌 것입니다.

등급: SS

효과: 조건 충족 시, 드라고린으로 각성

지속 시간: 사망 때까지]

특성 창이 시야 중앙에 떠 있었으나 찰나에 사라져 버렸다.

특성 창뿐이랴. 시스템의 무엇도 전부 다 차단되었다.

드득. 드드득.

크게는 척추와 대퇴골 작게는 귓속뼈까지.

온갖 골격들이 수축 확장 운동으로 소리를 토해 내며 거추장스러운 통증을 수반했다. 내 본연의 힘이 폴리모프의 새로운 육체에 가둬진 꼴인데도 감정이 뜨겁게 들끓었다. 육체가 재구성되었다.

힘을 숨기는 방법으로 이런 구성을 생각해 보지 않은 건 아니다.

그러나 구상을 실제로 구체화하는 건 내 영역이 아니었다.

초자연적 세계에서 그러한 영역은 모두 올드 원이 담당하고 있었고 나는 모방에 그칠 뿐이었다. 그리고 지금 놈은 또 내게 새로운 설계도를 제공한 꼴이다.

권능을 자유자재로 다뤄야 한다는 제약이 걸려 있지만……

그런데 그때.

직전에 얻은 영감들을 계속 떠올릴 수만은 없었다.

파장의 근원지와 꽤 떨어져 있음에도 불구하고 머리를 뚫고 들어오는 느낌이 선명했기 때문이었다.

소드 마스터, 그중에서도 홀리 나이트로 구성한 육체로서도 감당하기 어려운 힘.

둠 카오스와 올드 원이 충돌했었던 흔적은 그토록 강력했다.

발길을 서둘렀다.

물론 폴리모프를 해제시키는 육감(六感)을 일으키면서였다.

시야는 계속 흔들렸다. 어떤 시점에서는 바닥을 기고 있었다. 또 어떤 시점에서는 이 몸으로 낼 수 있는 최고 속도를 끌어올리고 있었다.

내 본연의 힘이 돌아오길 기다리는 동안, 내가 할 수 있는 것이라곤 어떻게든 파장에서 멀어지는 것이었다. 파장은 또 불규칙적이기까지 했다.

특정 방향 없이 감각에만 의존했다. 그렇게 한참을 허우적거린 끝에 머리를 꿰뚫고 있던 느낌이 사라졌다.

그때도 폴리모프는 해제되지 않았다.

강한 육신으로 구성할 경우 해제 시간이 증가하는 제약은 큰 힘을 재구성하는 데 그만한 힘이 소요되기 때문일 것이다.

한편 메시지가 뜨지는 않아도 직감으로 전해져 오는 게 있었다.

폴리모프가 해제되기 전까지 얼마 남지 않았다. 내부 세계 구성이 다시 본래로 돌아간 후에, 이 더러운 뾰족한 귀 따위도 원상태를 되찾을 것이다.

비교적 안전한 지역에서 폴리모프가 해제되길 기다리고 있었다.

그런데 그때, 먼 거리에서였다. 폭음과 함께 무기와 무기가 부딪치는 소리가 요란해지며 조금씩 가까워지는 중이었다.

희미하게나마 엘프들의 언어와 우리들의 언어가 들렸다.

전투다! 여기까지 밀고 들어오려는 세력과 거기에 따라

붙는 세력의 대규모 전투가 벌어지고 있었고 밀고 들어오려는 세력이 우세하다.

폴리모프가 해제될 때까지 기다릴 틈이 없었다.

쉐아악—!

거기는 난전이었다. 주력 스킬로 구분되는 편대를 갖출수도 없게, 수천의 각성자와 엘프들이 아무렇게나 뒤섞여있었다.

크게 들어온 전황은 그러했으나 최전선에서 모이고 흩어지길 반복하는 주력 간의 싸움은 그나마 규칙이란 게 보였다.

그리고 엘프들의 본대 쪽이 확실히 우세를 점하고 있었다.

지휘관 격인 놈을 특정하는 건 어렵지 않았다. 놈이 휘두르는 검에서도 입은 갑옷에서도 휘황찬란한 빛무리가 번뜩여 댔다. 여기에서는 주 락리마의 성물로 취급되는 그것들로 무장한 놈이다.

놈을 목표로 잡고 지면을 박찼다.

"아…… 네모스 님? 여긴 어찌!"

투구 안, 놈의 두 눈에서 놀란 빛과 반가운 빛이 동시에 튀었다.

나는 우리 쪽 전투복을 입고 있었는데도, 놈은 오히려 거기에서 내가 오래전에 깊숙이 참전하고 있었던 것으로 오인했는지도 몰랐다.

"마침 잘되었습니다. 힘을 보태 주십시오, 아네모스 님!"

함부로 지껄이는 그 주둥아리를 통째로 꿰뚫어 버릴 심산이었다. 더 그레이트 실버에 소드 마스터의 힘을 실어서.

순간 내 움직임을 방해하는 현상이 일어났다. 마침 내부세계의 재편성이 완료된 것이겠지.

드드득. 드드드득.

고개가 저절로 꺾여 대고 관절마다 작은 비명이 토해져 나왔다.

[폴리모프가 해제 되었습니다.]

싸둑—!

Chapter 7.

　지휘관 놈의 목이 떨어지고 있었다.

　강화된 육체에 뛰어난 무구로 보호를 받고 있는 놈이었다.

　그럼에도 불구하고 놈의 목을 향해 단검을 그었을 때, 걸려 오는 느낌이 전무하다시피 했다. 그것마저도 놈의 목뼈를 베어 버릴 때 생겨야 할 느낌이 아니었다.

　놈이 착용하고 있는 투구며 갑옷 심지어 들고 있는 검까지.

　단검에 깃든 힘을 이기지 못해 순간에 파괴되었다. 지금 내게 걸려 온 느낌은 그때 부딪쳐 온 여파에 불과했던 것이다.

하지만 단검의 공격력에 감탄할 새도 없이.

　　[질풍자가 발동 했습니다.]
　　[민첩 수치가 변동 되었습니다. → MAX]

　　[예민한 자가 발동 했습니다.]
　　[감각 수치가 변동 되었습니다. → MAX]

수치 900. MAX.

감각과 민첩 수치가 더 이상이 없는 궁극(窮極)에 도달했다.

동시에 단검의 절규가 급격히 강렬해졌다.

정말로 절규인가. 저주를 퍼붓고 있는 것인가. 혹은 두려움인가.

그때까지만 해도 단검이 왜 그렇게 진동해 대는지 이유를 특정 지을 수 없었다. 그런데 문득 뇌리가 번뜩였다.

감각이 궁극에 도달한 건 이번이 두 번째였다.

첫 번째에서는 차마 느끼지 못했던 어떤 느낌이 있었는데, 마침내 그것이 무엇인지 깨닫는 순간. 이 이상으로 무엇이 가능한지도 알 수 있었다.

은신체들을 찾기 위해서 온 감각을 집중시켜야 했던 옛

날처럼 감각을 고도로 집중시키자, 찌릿한 두통이 시야를 잠깐 흔들어 놓았다.

[궁극(窮極)의 영역에 진입 하였습니다.]

그렇지 않아도 느려져 있던 세상이 더욱 느려졌다.

세상은 멈춰 버린 것에 가까웠다. 그리고 그 적막함은 단 검이 보여 줬던 파괴력보다 더한 현상이었다.

시간이 느려진 것처럼 느껴지는 현상은 블랙을 처치했던 당시에도 체감했던 일이다. 그러나 지금과는 차이가 너무나 분명했다.

당시에는 블랙의 얼굴에 실금이 가거나 핏물들이 응고를 거쳐 가루로 바스라지는 등, 운동(運動)이라 할 만한 게 있 었다.

그런데 지금은 그마저도 찾기가 어려워졌다.

그나마 소드마스터로 불리는 놈, 우리 쪽에서는 첼린저 로 불리는 녀석만이 느릿한 움직임을 보일 뿐이었다.

엔테과스토와 겨뤘을 때 이 영역에 진입하는 게 가능했 더라면 결과는 겨우 이룬 무승부에서 약간의 승리로 바뀌 었을 것이다.

두통이 이는 관자놀이를 짓눌렀다. 그런 다음 시야에서

상당한 비중을 차지하고 있는 것부터 치워 버렸다. 엘프 지휘관의 대가리. 그것은 바로 앞에서 낙하가 멈춰 버린 상태다.

그것을 밀어젖히며 천공을 향해 고개를 들었던 바로, 그때.

날 내려다보고 있는 것을 똑바로 쳐다볼 수 있었다.

둠 아루쿠다를.

*　　　*　　　*

놈은 미지의 차원에서 존재했다. 거기가 놈의 본토일 터.

그러나 전장을 훑어보는 놈의 시선만큼은 여기로 개입되어져 있었다.

놈이 마음만 먹는다면 바클란 군단의 본토에서 그랬던 것처럼 그 거대한 눈알을 우리 모두에게 드러내는 게 가능할 것이다.

하지만 놈은 전황에 관심이 없었다. 오로지 나만을 뚫어져라 쳐다보고 있었다. 정확히는 내가 아니라 내 손에 쥐어진 물건에 향한 시선.

탐욕을 감출 이유가 없는 것인지, 아니면 그 탐욕이 감출 수 없을 만큼 크기 때문인지.

놈이 '더 그레이트 실버'를 쳐다보는 시선은 노골적이었다. 놈이 금방이라도 내려와 내게서 이것을 요구할 것만 같다.

본토의 민간인들은 클럽이 지배하고 있는 세상에 살고 있지만 정작 클럽에 관련된 모든 일들에 대하여 하나도 알 수 없었던 것처럼, 나 역시 알 수 없었던 사실들이 지금 펼쳐져 있었다.

분명 존재해 왔지만 인지할 수 없었던 것들.

그중에 둠 아루쿠다는 일부였다. 더 먼 영역에서 둠 카오스를 비롯한 올드 원과 더 그레이트 골드의 시선도 아득히 느껴진다.

그때 둠 아루쿠다가 본인의 탐욕을 증명했다.

눈깔에 비해 상대적으로 작은 아가리가 천공에서 나타났다 사라지길 반복할 때마다, 엘프들의 영혼도 비례해서 사라진다.

하지만 사라지는 엘프들의 영혼은 둠 아루쿠다의 작은 입만큼이나 소수에 불과했고 대다수는 무(無)로 사라지는 중이었다.

그래서 둠 아루쿠다의 아쉬움은 컸을 것이다. 그리고 그렇기에 놈의 탐욕은 더 기승을 부리고 있는 것일 테다.

거기를 향해 말했다.

"그쪽이야말로 모르지 않겠지. 돌려주고 싶어도 돌려줄 방법이 없다."

성(聖) 카시안의 영혼 이전 반지, 소울링, 둠 아루쿠다의 영혼 수확 낫. 여러 가지 이름으로 불렸던 그것은 정말로 이제 없는 것이다.

"또한 전장을 정리하는 대로 우리들의 주인께 귀의하기로 맹세하였다."

그러니까 내게서 신경 끄라고 던진 말이었다. 더 이상의 말로 놈을 자극하고 싶진 않았다.

어쨌거나 현재 나는 칠마제 진영의 소속이 아니었고 둠 카오스 또한 어떻게 변심할지 모르는 일이다.

과거 전성기의 엔테과스토가 언데드 엠퍼러를 찢어 버렸듯이 둠 카오스도 나를 경계할 수 있는 노릇 아닌가. 지난번에는 시간 역행의 힘을, 이번에는 고룡 하나의 힘을 통째로.

"일을 마치는 대로 당신께 귀의하겠습니다. 나의 주인이시여."

젠장. 젠장. 젠장…….

날 보고 있을 둠 카오스에게도 그 말을 잊지 않았다.

이를 갈 듯이 말할 수밖에 없었던 까닭은 별 게 아니다. 놈에게 적개심을 드러내려 했던 것이 아니라, 두통이 심해지고 있기 때문.

　점점 한계가 느껴진다. 궁극의 영역에 무제한으로 머물 수는 없다.

　잠시 후 나는 튕겨져 나왔다. 마치 감각 수치가 떨어져 내부 세계에서 튕겨졌던 때처럼 궁극의 영역에서도 집중력을 잃는 순간을 피할 수는 없었다.

*　　　*　　　*

　지금에도 둠 카오스와 둠 아루쿠다는 날 보고 있겠지만 더는 느낄 수가 없다.

[궁극(窮極)의 영역에서 이탈 되었습니다.]

　그래도 세상은 여전히 느렸다.

　고정되다시피 했던 엘프 놈의 대가리는 밀어낸 방향으로 약간씩 움직인다. 놈의 장비 파편들도, 기습당한 지휘관을 향하는 주변의 놀란 고갯짓들에서도 운동이라 할 만한 움직임들이 있었다.

　궁극의 영역에서는 굼벵이나 다름없던 소드마스터와 첼린저 역시 적당한 속도를 되찾았다.

적당한 속도란 민간인의 걸음 수준. 그것들에게는 할 수 있는 최대의 속도를 끌어올리고 있는 것이겠지만 내게는 그렇게 보일 뿐이다.

[*보관함]
[더 그레이트 실버가 추가 되었습니다.]

너무나 강력해서 적들의 장비까지 다 파괴해 버리는 이건, 지금은 필요 없었다.

어쨌든 엘프 진영에서 지휘관은 강함을 척도로 세워진 게 아니었다.

혈통을 따졌을 터. 엘프들 중 제일 강한 녀석이 나를 응시하다가 훌쩍 뛰어올랐다. 나를 특정해서였다.

놈의 수준으로는 내 힘과 더 그레이트 실버에 실린 힘을 파악할 수 없었기에 그런 무모한 판단을 내린 것이다.

놈이 이쪽을 크게 내려다볼 수 있을 정도로 솟구친 무렵.

놈의 동공이 확장됐다.

"으읍……!"

놈의 당황한 신음 소리도 느릿한 주위를 뚫고 들어왔다.

그때 나는 놈을 기다리는 한편 주변의 엘프들을 제거하고 있었다. 그제야 놈은 솟구쳐 오르는 동족의 핏물들 사이로 내 능력의 일부를 목격한 것이다.

내게는 놈이 느릿하게 보이듯 놈에게는 내가 육안으로 쫓을 수 없을 만큼 빠르게 보일 터.

한편 우리 쪽의 첼린저는 케이론, 윌리엄 스펜서다.

녀석이 쏘아 보낸 투사체가 엘프 놈의 등을 향해 날아가고 있었다. 놈의 등은 노출되어 있어 강력한 타격이 예상됐다.

그래선 안 되지.

이미 지휘관 놈의 장비가 다 파괴되었기 때문에라도 또다시 내 소중한 경험치에 흠집이 나는 걸 두고 볼 순 없었다.

탓!

솟구친 그대로 놈의 목을 움켜잡았다. 멀리 착지했다.

놈이 발악하는 수준은 정말로 민간인의 그것이었다. 녀석이 끌어올리려는 방어막조차도 내가 시간을 허락해 줘야만 완성될 수 있는 것이다.

놈이 쥐고 있는 검도 마찬가지다. 성물급으로 취급받는 물건임에도, 물건의 능력을 제대로 사용할 시간이 충분치 않은 것이었다.

투둑.

놈의 손목을 꺾어 버렸다. 놈의 손에 들려 있던 검은 주인을 잃고 느릿한 낙하를 시작했다.

놈의 투구를 벗겼고, 귀걸이는 귀를 통째로 뽑아 버렸다.

당장 경험치로 쓸 만한 재료는 그 세 가지다.

"크억!"

놈의 비명이 한 박자 늦게 터졌다. 그러면서도 아직 전의가 꺾이지 않았는지 놈의 내부에서 마나의 움직임이 포착되었다.

한 검맥(劍脈)의 이미지를 그려 나간다. 정연한 움직임에선 정통 검맥의 느낌이 다분했다.

일단 흡수할 수 있는 건 전부 다 흡수한다. 언제 어떻게 쓰일지 모르니.

나는 놈이 첫 공격을 완성 짓도록 기다려 주었다. 꺾이지 않은 반대편 주먹으로부터 시작됐다. 검이 없는 이상 주먹으로.

놈의 주먹이 검맥의 이미지대로 마나의 흐름을 추종하며 휘둘러진 순간.

[설계도 '검맥(S) − 2'가 추가 되었습니다.]

놈의 주먹은 내 손바닥에 막혔다.

어차피 놈의 쓸모는 다했다. 그때 놈의 주먹을 움켜쥐며 일으킨 압력에는 공간에도 개입할 수 있는 힘이 실려 있다.

루네아 잡것조차도 이 힘을 버티지 못했다.

놈은 주먹뿐만 아니라 전신 자체가 압력의 중심으로 쏠렸다.

"너…… 너…… 너는 대체…… 으어어어억—"

압력을 풀었을 때 놈의 전신은 처음 형태를 알아볼 수 없을 정도로 수축되고 구겨져 있었다.

전리품을 챙기고 발걸음을 옮겼다. 난전이 펼쳐진 지대를 관통했다.

그때그때마다 엘프 종(種)의 목들을 쳐 댔던 감각이 손날에 누적되고.

먼저 던져두었던 벼락 줄기들은 오시리스의 악령처럼 엘프들의 살냄새를 쫓아다니기에 여념이 없었다. 데비의 칼날은 숱한 모가지를 관통했다.

목적지는 이미 죽은 지휘관 놈과 검사 놈이 속해 있던 주력 부대 쪽이었다.

윌리엄의 부대는 그것들과 교전을 거친 후 거리가 벌어져 있었기 때문에, 그것들의 시야에서는 내가 유독 눈에 띌 수밖에 없을 것이다.

목적지에 이르렀을 때 나를 보다 노출시켰다. 세상을 느릿하게 만들고 있던 감각망도 그때 축소시켰다. 그렇게 제자리에 멈춰 섰다.

등 뒤로 외마디 비명 소리가 수없이 겹쳐서 터져 나왔다. 전장의 소란을 일시에 불식시킬 만큼 크게 뭉쳐져 버린 소리였다.

정면으로 마주하고 있는 엘프 종들의 동공에서 내 뒤에 펼쳐져 있는 광경을 직접 볼 수 있었다. 주력 부대를 제외한, 난전에 얽혀 있었던 수천의 엘프들이 쓰러지고 있었다.

그것들의 목 위에는 응당 있어야 할 게 존재하지 않았다.

벼락 줄기들이 자아내는 푸른 물결. 그리고 엘프들의 핏물이 데비의 칼이 스치고 지나간 궤적에 따라 휘몰아치고 있었다.

그 이후에서야 벼락 줄기가 찢어 뱉은 잿가루들이 휘날리기 시작했다.

엘프들의 주력 부대는 대략 오백가량. 이것들은 엘프 종들 중에서도 특별히 정예로 구성되어 있다. 그러니 전선에서 각성자들을 밀어붙이며 여기까지 도달한 것이다.

"너희들 중 무엇도 살려 두지 않을 것이다. 항복은 받아들이지 않는다. 너희들이 여기에서 살아 나갈 길은 나를 쓰러트리는 것뿐."

빠지지직.

벼락 줄기들이 놈들의 퇴로를 향해 몰아쳤다.

그때 어떤 엘프 종의 비명 같은 소리로부터 시작됐다. 검맥을 품고 있는 것들은 검으로, 마법이 주력인 것들은 마법으로.

그래서 온갖 마나의 움직임들이 집단적으로 발생하는 것이다.

감각망을 확장시키자 세상은 다시 급격하게 느려졌다.

[설계도 '검맥(B) − 1'이 추가 되었습니다.]

……

[설계도 '검맥(C) − 43'이 추가 되었습니다.]

[설계도 '마법(A) − 3'이 추가 되었습니다.]

……

[설계도 '마법(D) − 22'가 추가 되었습니다.]

죽을 땐 죽더라도 뺄을 건 뺄어야지.

[설계도 '검맥(B) − 15'가 추가 되었습니다.]

[설계도 '마법(C) − 44'가 추가 되었습니다.]

……

마무리가 끝났을 때 즈음이었다.

시선을 잡아끄는 것이 북쪽 방향에서 가까워지는 게 느껴졌다.

조슈아였고 혼자서 오는 게 아니었다. 상공의 노을은 서서히 밀려오는 푸르스름한 색채에 잠기고 있었다.

이윽고 조슈아가 고룡의 거대 영혼에 탑승한 채로 모습을 드러냈다.

서두르십시오, 마스터.

조슈아의 의념이 전해져 왔다.

그는 멈추지 않고 섹터 23, 파장의 근원지로 향하는 중이었다.

*   *   *

우리는 힘의 파장이 사라지는 광경을 함께 지켜보고 있었다.

하지만 조슈아를 긴장시키고 있는 건 파장 속에 감춰진 뭔가에 있는 게 아니었다. 그가 천공을 비스듬히 올려다보는 횟수는 늘어나고 있었고 주기도 짧아지고 있었다.

나는 절대 영역에 진입해야만 볼 수 있는 것을 그는 항상 볼 수 있었다.

노을이 부딪치는 오뚝한 콧날의 옆모습. 이번에도 그는 고개를 올려 천공을 확인하고 있었는데, 거기에서 드러나는 조바심이 눈에 띄었다.

조슈아를 긴장시키고 있는 광경을 나도 이 눈으로 직접 확인해야 할 것 같았다.

얼음 송곳이 뇌리를 파고드는 듯한 느낌과 함께였다.

찌릿─!

[궁극(窮極)의 영역에 진입 하였습니다.]

분명 존재하지만 볼 수 없던 것들이 나타났다.

더 그레이트 그린의 영혼이 천공 높은 곳에서 몸부림을 치고 있었다. 그것의 크기에 비하면 한없이 작은 아가리도 함께 시선에 들어왔다.

다시 봐도 둠 아루쿠다의 아가리는 정말로 작았다. 만일 둠 아루쿠다가 얼굴 전체를 드러내면 어떤 기괴한 얼굴을 하고 있을지 눈에 선했다.

두 눈깔이 얼굴 면적의 대부분을 차지하고 있을 것이며 아가리는 그야말로 점처럼 박혀 있어 그것이 아가리인지도 구분하기 힘들 것이다.

아루쿠다는 그렇게 작은 아가리로 그린의 거대 영혼을 씹어 대고 있었다.

만일 정신체도 피를 흘릴 수 있다면 이지러진 하늘에서는 핏물이 흩어지는 중일 거다. 그럴 수가 없으니 대신 퍼져 나오는 건, 절규의 몸부림이 전부였다.

그때도 작은 아가리는 거대 영혼의 정수리에 이빨을 틀어박았다. 아그작 쩝쩝거리는 소리가 들려오는 것만 같다.

거기까지가 여기에 직접 개입되어진 광경.

그리고 조슈아가 집중하고 있는 광경도 거기에만 국한된 것 같았다.

한데 조슈아의 시야는 나보다 좁은 게 분명했다. 그는 더 너머에서 펼쳐지고 있는 현상까지는 보지 못한다.

그렇게 확신할 수 있는 까닭은 그도 나와 똑같은 걸 볼 수 있었다면 고작 그린이 씹어 먹히는 광경에 조바심을 느낄 리가 없기 때문이었다.

더 멀리, 둠 카오스와 올드 원이 대립하고 있는 중이다.

서로 융합될 수 없는 두 가지 형질의 기운이 창공 저편을 채우고 있었다.

적어도 내 시선에만큼은 온 창공이 서로 뒤엉킨 흑과 백의 기운으로 잔뜩 이지러져 있다. 창공이란 물통 위에 동일한 양의 검고 흰 기름들을 부어 놓은 듯 시선을 절로 빼앗는 기묘한 광경이었다.

그 대립이 어찌나 절묘한지, 강력한 두 힘의 충돌이라기보다는 우주 만물의 근원적 현상같이 느껴지는 게 사실이었다. 태극(太極)처럼 말이다.

무엇을 보고 계십니까?

조슈아가 물어왔다. 그도 내가 더 너머를 보고 있다는 걸 알아차렸다.

"둠 카오스와 올드 원. 그들이 서로의 개입을 막고 있다."

조슈아의 눈초리가 가늘어지면서 미간과 눈꼬리에도 주름이 잡혔다. 하지만 그의 능력으로는 아무리 집중해도 나와 똑같은 걸 볼 수 없었는지, 오해가 섞인 물음을 던져 왔다.

그들의 힘이 마스터께도 미치는 겁니까?

조슈아의 동공 위로 얼굴을 잔뜩 찌푸리고 있는 내가 비쳤다.

그는 금방에라도 어떤 행동을 취할 기세였다. 실제로 그의 머리 위로 꿈틀거리는 움직임이 포착되었다. 그가 타고 나타났던 고룡의 영혼은 지금 사라지고 없었는데, 그것이 다시 소환되려는 움직임이었다.

반투명한 거대 고룡의 영혼이 대가리부터 빠져나오고 있었다.

"감각을 극도로 집중시켰을 뿐이다."

나는 집중을 풀며 대답했다.

[궁극(窮極)의 영역에서 이탈 되었습니다.]

온 천공을 가득 채우고 있던 둠 카오스와 올드 원의 구체적인 힘은 더 이상 볼 수 없었다. 그린을 씹어 먹는 둠 아루쿠다의 작은 아가리도 마찬가지다.

천공은 어느 평범한 날의 노을빛 하늘로 돌아갔다. 하지만 보이지만 않을 뿐,

둠 카오스와 올드 원이 먼 영역에서 대치하고 있다는 걸 확인한 이후부터 불편한 느낌이 온몸에 달라붙기 시작했다.

한편으론 그런 생각도 치밀어 올랐다. 저런 존재들을 어

떻게 제거하지?

그때 여기에 온 목적이 눈앞에서 시작되었다. 그렇지 않아도 눈에 띄게 약해져 있던 파장이 완전히 소멸해 버린 것이다.

아래의 싱크홀에서 밝은 빛이 솟구쳤다. 보자마자 알 수 있었다. 여기에 떨어져 있는 건 올드 원의 무엇이다.

"다녀오십시오, 마스터."

조슈아의 그 말을 끝으로 나는 아래로 몸을 던졌다.

새하얀 권능의 오라에 휘감긴 구체가 나를 기다리고 있었다. 그것은 나만큼이나 커서 바로 앞에 두었을 때는 온 시야가 밝은 빛으로만 가득 찼다.

그것에 손을 뻗은 직후부터였다. 오라가 수천의 뱀처럼 접촉된 면적을 시작으로 팔을 타고 기어오르기 시작했다.

이게 무엇이 됐든 각오는 하고 있었다. 취하기 위해서 끔찍한 고통을 이겨 내야 하는 것이라면 응당 그렇게 할 것이라고.

그때 새하얀 빛의 오라는 내 얼굴까지 휘감아 올라왔다. 시야 아래에서부터 서서히 올라오는 시점에서는 이를 악물었다.

올 테면 와 봐라. 무엇이든지 간에.

*　　　*　　　*

둠 카오스에게 이 몸을 한번 던져 봤던 경험만을 떠올렸다.

온몸이 칼날에 도려지는 듯한 고통은 둘째였다. 제일 중요한 건 이것들에게 정신적으로 지배되지 않기 위해 저항하는 것이다.

그런데 올드 원에게서 떨어져 나온 당시에 올드 원의 통제에서 벗어난 신세가 되고 말았는지, 이것의 공격은 융통성이 없었다.

광분한 아나콘다처럼 나를 졸라매려는 것 외에는 특별히…….

"크어어억."

고통 속에서 허덕이던 끝에 시간 감각을 잃은 지는 오래였다.

[열정자가 발동 하였습니다.]

[특성 열정자 9단계 (Lv. Max) 효과로 육체와 정신 그리고 영혼을 보호하는 강력한 방어 체계가 완성 됩니다.]

메시지가 떴을 때야말로 열정자가 완성될 정도로 많은 시간이 흘러갔다는 걸 깨달았다. 내 몸을 졸라 오던 강력한 힘도 그때부터 사그라들기 시작했다.

숨통이 트이면서 제대로 호흡을 몰아쉴 수 있게 되었을 때.

후우우—

입안에 가득 차 있던 열기가 증기로 뿜어져 나와 사방을 뿌옇게 만들었다. 그리고 보니 오라의 새하얀 빛도 많이 지워진 상태였다.

완성되기까지가 어렵지, 완성되고 난 열정자의 효과는 대단했다.

나를 옥죄어 오던 힘은 더 이상 내게 고통을 선사하지 못했다. 나를 죄어 맸다가 풀어지길 반복하기 일쑤였고 그러다 결국 완전히 느슨해져 버린 때가 기점이었다. 밧줄을 움켜쥐듯 그것을 쥘 수가 있었다.

어디로 빠져나가지 못하게끔 압력이 집약된 양 주먹으로.

그것을 풀어헤친 후 내팽개쳐 버리자, 처음보다 훨씬 작은 구체로 응어리지는 것이었다.

아직은 아이템도 무엇도 아니었다. 그래서 시스템에서는 딱히 떠오르는 창이 없었다.

하지만 이내 그것을 한 손에 움켜쥐고는 가슴에 박듯이 밀어 넣었을 때.

내부 세계의 한쪽 영역이 급격히 확장되는 게 느껴졌다. 그때부터였다. 렉이 걸렸다가 일제히 해소된 것처럼 수많은 창들이 뜨고 겹치면서 실제로 알림음까지 내기 시작했다.

띠링!

띠링!

[* 올드 원의 체계에는 존재하지 않는 특전입니다.]

[새로운 특전 명을 지정해 주십시오.]

수많은 창들을 보면서 올드 원이 흘린 게 무엇인지 깨달았다.

['시스템 관리자'로 명명하였습니다.]

*　　　*　　　*

돌아온 밖은 동도 트지 않은 한밤이었다. 조슈아의 시선이 내게로 따라붙었다.

"아루쿠다가 식사를 끝냈습니다."

그러면서 그의 시선은 나를 지나쳐 좀 더 먼 곳을 쳐다보았다. 하지만 내 뒤쪽으로 무엇이 등장한 건 아니었다.

이제 아루쿠다는 마스터의 물건에 야욕을 드러낼 것입니다.

조슈아는 아공간, 내 보관함 속에 담긴 더 그레이트 실버를 바라보고 있었다.

나는 궁극의 영역에 진입해서 천공을 확인해 보았다. 둠 카오스와 올드 원이 팽팽하게 얽혀 있던 현상은 온데간데없이 사라져 있고, 그것들이 보내오는 시선만 달빛처럼 떨어진다.

금방에라도 무슨 일이 일어날 것만 같았던 천공은 그렇게 잠잠해져 있었다.

"둠 아루쿠다의 시선이 사라져 있군. 더 그레이트 골드의 것과 함께."

"그것들의 능력은 완벽하지 않습니다, 마스터."

머지않아 마스터께서 잡으시게 될 것입니다.

조슈아는 한결 안심한 기색을 비쳤다. 그로서는 긴장할 수밖에 없었던 시간이었는지 그러한 기색이 꽤나 뚜렷했다.

어쨌든 그는 내가 아래에서 대단한 힘을 취하고 온 것이라 짐작하는 듯했다. 당장으로선 열정자가 완성된 지금의 나를 오인하는 것 같았다.

"내가 아래에서 취한 것은……."

둠 카오스가 엿듣고 있는 까닭에 사실상 둠 카오스를 향하는 말이었다.

"아무런 쓸모도 없는 것이었다. 거기에 있기에 취할 수밖에 없었던 것뿐, 둠 카오스 님의 기대에 미치지 못한 게 안타깝다."

마저 말했다.

"시작의 장이 끝나고 각성자들은 시스템적 능력을 상실했었지. 아래에서 취할 수밖에 없었던 것은 그걸 되돌릴 수 있는 능력에 불과하다.

이제 와서 각성자들에게 시스템적 능력을 돌려줄 수 있다고 해서 무슨 득이 있을까. 하물며 그게 가능하려면 거기에 투입되는 에너지가 필요하지. 그 막대한 에너지를 어디에서 구할 수 있겠나.

올드 원의 힘을 둠 카오스 님께 바칠 수 있길 고대했건만 이런 쓰레기라니.

둠 카오스 님께서도 많이 실망하고 계실 것이다. 그분의 기대에 조금이나마 부응하려면, 엘프 여왕이 도망치기 전에 고것의 모가지를 둠 카오스 님께 바쳐야 할 것 같구나."

조슈아의 눈은 한 점 흔들림이 없었다. 내 말에 진심이 조금도 섞여 있지 않다는 것은 그가 제일 잘 알 일이었다.

"전선으로 가자."

나는 먼저 발걸음을 내디뎠다.

그때.

등 뒤로 조슈아의 의념이 흘러들어 왔다.

감축드립니다.

역시나 조슈아는 내가 무엇을 얻고 나왔는지 제대로 알고 있었다.

그렇다면 둠 카오스도 눈치채지 못할 리가 없다. 지금은 나를 제 앞에 끌어다 놓지 않고 있지만, 놈과 마주하게 된다면…….

하지만 놈이라고 뾰족한 수가 있을까. 나를 죽이고 끄집어내지 않는 이상 내 안으로 흡수되어 버린 그 힘을 빼앗아갈 방법은 존재하지 않는다.

하물며 변명거리도 있지 않은가.

정말로 그때 거기에 남겨진 것을 흡수하지 않았다면 사방으로 흩어져 버렸을 테니까.

그때 한 번 더 조슈아의 의념이 부딪혀 왔다.

신성(神聖)에 보다 가까워지셨습니다, 마스터.

그는 내가 그 힘을 얻은 걸 자신의 일처럼 기뻐하고 있었다.

* * *

"전하."

옆에서 신하들이 그의 이름을 부르고 있지만 킹 아트레우스에게선 아무런 대꾸도 없었다.

'이제 어떡한단 말이냐.'

신성한 피를 타고난 고위 종족, 엘프.

일평생 한번 만나기 힘들다는 그들이 장엄한 군세를 이루고 나타났을 때까지만 해도.

성스러운 탑에서 엘프들의 여왕을 마주했을 때만 해도 비로소 주 락리마의 영광이 도래했다고 생각했었다.

전설에서만 회자되었던 태초의 화염 셀레온과 위대한 고룡 또한 현신하여 이 땅에는 성스러운 전쟁이 시작되고 있었다.

그날 얼마나 환희에 젖었던가.

하지만 엘프들은 들어 왔던 것과는 다른 종족이었다. 그들은 강력한 힘만큼이나 교만과 이기심으로 가득 차 있었다.

막대한 군량을 빼앗아 가 놓고는 도리어 질이 낮다는 핀잔만 하기 일쑤였고, 원정대에 일절 도움을 주지 않고 그들만의 전쟁을 수행하는 것이었다.

마왕군이 격퇴되고 나면 그다음은 엘프들이 문제였다.

엘슬란드로 돌아가지 않는다면? 성전의 대가로 감당 못할 요구를 해 온다면?

여왕을 마주한 건 단 한 번뿐이었지만 지금도 킹 아트레우스는 그녀의 서늘하고 교만한 시선을 마주하고 있는 것만 같았다.

왜 모르겠는가. 자신도 천한 것을 쳐다볼 때 그런 시선이었거늘.

킹 아트레우스가 몸서리를 치며 눈을 부릅떴을 때, 신하들의 목소리가 들려왔다.

"전하. 엘프들의 본대가 돌아왔다 합니다. 하온데. 하온데……."

"하온데 무엇이냐?"

"……퇴각을 준비하고 있는 것 같습니다."

"돌아간다는 말이냐?"

신하는 킹 아트레우스의 화색 돈 얼굴을 두고 참담하게 대답했다.

"기뻐하실 일이 아니옵니다. 그것들이 우리를 버렸습니다, 전하."

몇 가지 설명이 이어졌다. 그러나 갑자기 엘프들이 막대한 적들을 앞에 두고 엘슬란드로 돌아가려는 이유만큼은 알 수 없었다.

분명한 건 이대로 절망에 빠져들었다간 정말 거기에 숨이 막혀 죽을 일이란 거였다. 이제 마왕군이 어디로 쏠려 버릴지는 너무도 뻔하지 않은가?

지난 전투들에서 마왕군의 위력을 실감했었던 킹 아트레우스였다.

"이 사실을 누가 알고 있느냐?"

킹 아트레우스는 갑자기 피가 뜨겁게 도는 느낌을 받았다.

"전하와 소신들뿐입니다. 우리 병사들 역시 퇴각 준비를 시키겠습니다."

"그만두어라. 하나를 지키려다 전부를 잃는 법이니라.

전부를 지키려다 목숨을 부지할 수 없는 법이니라. 현명한 조상들께선 말씀하셨다. 때론 고통스러워도 전부를 포기해야 할 때가 있는 법. 지금이 바로 그때이니라."

킹 아트레우스는 왕성으로도 돌아가지 않겠다고 선포했다.

"짐은 이 길로 아자둔에 의탁할 것이다."

마왕군으로부터 예정된 죽음을 피할 수만 있다면…….

왕성에 남겨져 있는 혈족들 따윈 얼마든지 버릴 수 있었다.

*　　　*　　　*

그 시각.

엘프 여왕의 손은 단단한 남성의 육체를 탐닉하듯이 움직이고 있었다.

그녀의 한 손에 올려진 성물은 주 락리마의 문장이 정교하게 형상화된 것으로, 손바닥 바깥으로까지 크게 튀어나와 있을 만큼 크기가 있었다.

그녀의 가느다란 손가락이 이음새와 이음새 사이의 공백을 스칠 때마다 그녀의 입술 사이로도 작은 교성이 흘러나왔다.

'대체 이 힘은 무엇인고. 중독될 것 같구나. 아니, 빠져 나올 수 없게 되었어.'

문득 여왕의 입에서 작은 웃음이 터졌다. 전대 여왕들을 비웃는 웃음이었다. 역대 여왕들 중 이 열락(悅樂)이 허락된 이는 당금의 자신밖에 없었다.

전대 여왕들은 이 열락을 경험해 보지 못하고 주 락리마의 품으로 돌아갔다.

침전의 비밀스러운 곳에 잠들어 있었던 성물.

그것을 꺼내라는 신탁이 떨어진 이래로, 여왕은 자나 깨나 그것만을 붙들고 있었다. 그럼에도 불구하고 성물에서 흘러나오는 성스러운 힘은 절대 익숙해질 수가 없는 것이었다.

매 순간 새롭고 놀라운 기분만을 선사해 줄 뿐이니 싫증이라는 게 있을 수가 없었다.

또한 성물을 꺼낸 대가로 루스라의 연인이자 아들이었던 카노나스를 잃게 되었어도 섭섭함 따윈 없었다. 육체와 마음을 다 채워 주는 이 성물에 비하면 카노나스는 단지 육체만을 위로해 줬을 뿐이었으니까.

그때 한 남성의 목소리가 문을 뚫고 들어왔다.

"위대한 존재들의 진노를 어찌 감당하려 그러시오? 퇴각이라뇨."

감정을 억누르고 있는 날이 선 목소리.

여왕이 껄끄러워하는 오래된 귀족, 대공 에니카스였다.

"여긴 궁정이 아닙니다."

여왕은 불경을 저지르지 말라는 말을 그렇게 돌려 전했다.

성전의 탑 안이었다. 주(主) 락리마의 신성이 고스란히 깃든 성역. 가뜩이나 교단 최고의 성물 중 하나가 유구한 세월을 뚫고 세상에 모습을 드러내고 있는 장소이기도 했다.

에니카스는 여왕의 손에 올려진 성물을 쳐다보며 눈썹을 꿈틀거렸다.

"그렇지 않아도 잘 왔어요. 믿기지 않는 소릴 들었어요."

"신탁과 독단의 차이를 아시오?"

"물론이지요."

"하면 신탁을 빙자한 죄악이 어떤 것인지도 잘 아시겠구려."

"본녀를 괴롭히는 게 즐겁습니까? 대공의 가르침은 본녀가 죽어야만 끝나겠군요."

에니카스는 여왕의 그 말에서 시대가 바뀌었음을 실감했다.

퇴각 명령만 해도 그랬다. 여왕은 이대로 돌아가도 잃는 게 없었다. 하지만 본인을 포함한 궁정 귀족들은 달랐다.

바야흐로 성전의 시대. 사병을 잃은 귀족들의 힘만 약해지고 여왕의 입지는 나날이 증가할 것이다.

그때 여왕이 느긋한 자세를 고치며 말했다. 성물을 매만지던 손길도 그때 멈췄다.

"어쨌든 말이지요. 대공께 신탁을 증명할 방법은 없어요. 본녀가 만일 신탁을 빙자한 죄악을 저지르고 있다면 본녀와 대공은 지금 마주하고 있을 수 없었을 겁니다.

우리 주 락리마의 이름으로 시작된 성전입니다. 성전의 끝도 우리 주 락리마의 이름으로부터 비롯됩니다. 아시겠지요?

그대들은 본녀와 우리 주를 탓할 게 아니라, 부족한 신앙심을 탓해야겠습니다."

"성 카시안께서 이번 성전을 두고 남기신 말씀이 없소."

"우리는 성자의 모든 말씀을 다 찾은 게 아닙니다. 그리고 주 락리마의 장엄한 뜻을 우리의 작은 그릇으로 속단하는 것도 큰 죄악입니다. 대신들을 잘 타일러 주세요. 본녀는 대공만 믿고 있겠습니다."

"그린우드는?"

여왕이 딱 잘라 말했다.

"주 락리마께선 우리 엘슬란드에만 계십니다."

이런 미천한 땅 따윈, 아주 오래전부터 버려져 있었다.

"그리고 대공과 대신들은 엘슬란드의 진정한 주인, 본녀의 통치를 받는 겁니다."

에니카스는 어떤 대꾸도 없이 몸을 돌렸다. 하지만 여왕은 그가 직전에 비췄던 표정을 떠올리며 고소를 삼켰다.

'본녀의 대에서 이런 날이 오게 될 줄이야.'

향락에 젖어야만 했던 무료한 삶도 이것으로 끝이었다.

성전의 시작과 함께 성물을 쓰게 되면서부터였다. 그래서 드는 안타까움.

'소울링을 잃어버리지 않았더라면 그 힘까지 허락되었을 텐데.'

본시 엘슬란드에 태고로부터 내려왔던 성물은 세 가지였다.

하나는 현재 자신의 손에 쥐어진 '주 락리마의 표상(表象)'.

성전의 탑에 깃들어 있는 가공할 권능과 이어져 있었다. 안치 장소는 역대 여왕들의 침전이었다.

다른 하나는 아슬란의 끊겨 버린 소식과 함께 행방불명된 소울링.

기록서에 따르면 성 카시안이 빼앗으시고 정화를 거치기 전에는 제일(第一)의 마왕 둠 아루쿠다가 휘두르던 낫이었다.

탐욕과 폭식의 악한 상징으로서 둠 아루쿠다의 작은 입을 대신했었던 물건. 안치 장소는 총 교단.

마지막 성물은 태고의 신전 속에서 세계수의 보호 아래 안치되어 있다.

'돌아가는 대로 태고의 신전부터 방문해야겠구나.'

그때 탑 외벽은 점점 희미해져 가고 있었다.

*　　　*　　　*

우리는 늦은 게 아니다. 우리가 출발한 시점에서는 이미 엘프 종들의 퇴각이 끝나 있었던 게 틀림없었다.

빌어먹을 올드 원.

이참에 성전의 탑 하나를 파괴시켜 놓을 계획에 들떠있던 나로선 기가 한풀 꺾이는 광경이었다.

아래는 회(回)자의 군단 대형이 포위망으로 구축된 상태였다.

우리가 도울 일은 남아 있지 않았다. 일만 이상의 각성자들이 군단을 형성하고 있었으며 그런 군단이 열네 개였다.

전투는 포위망 안쪽으로 진입한 한 개 군단에서만 일어나는 중이었다.

그것만으로도 충분해 보였고 지난 전투들에서 각성자들의 분노가 누적되어 왔었는지, 각성자들의 분풀이는 잔혹했다.

하늘과 땅 사이의 온 공백이 끊임없는 비명들로 채워지

고 있었다. 애초부터 군단 대형에서 단 한 명의 탈주자도 허용치 않겠다는 사령부의 의지가 깃들어 있던 것이다.

우리는 시선을 조금 비틀었다.

망령들이 까마귀 떼처럼 날아다니고 있는 북동쪽 방향.

조슈아의 점령 도시가 위치한 방향으로 온갖 시체들이 본능에 이끌리듯 나아가는 중이었다.

또 그것들이 지나치는 길마다 쓰러져 있던 시체들이 어김없이 일어서는 걸 보면 본거지에 도착할 무렵에 그것들이 대군으로 완성되어져 있을 거라는 게 확실시됐다.

그런데 그때.

둠 카오스의 인내심에도 한계가 온 것 같았다. 확실했다.

내 뒤쪽으로 공간이 꿈틀거리는 움직임이 나타났다.

마스터!

조슈아의 의념은 다급했다.

확실히 둠 카오스에게 속박되지 않은 신분이라 예전과 달랐다.

우리가 함께 막고자 한다면 둠 카오스가 나를 끄집어 당기려는 그 힘에 어느 정도 대항할 수 있을 거라는 확신이 들었다.

그러나 아직은 둠 카오스든, 올드 원이든 간에, 어떤 놈이든 본토의 안전을 책임져 줄 존재가 필요하다.

나는 조슈아에게 개입하지 말라는 뜻을 전한 뒤에, 끌어당겨 오는 힘에 저항하지 않았다.

짓뭉개지고 있던 잘생긴 얼굴이 시야에서 사라졌다. 그린우드의 피비린내도 그때 사라졌다.

사방에 칠흑의 어둠이 내려앉았다.

장막을 향해 고개를 솟구치며 말했다.

"맹세대로 당신의 종은 돌아왔습니다. 나의 주인, 둠 카오스시여."

장막이 흔들리는 건 불길한 징조였다. 놈은 내가 독차지해 버린 게 뭔지 알고 있다.

그렇기 때문에라도 더욱 강하게 요구해야 할 때였다.

"또한 맹세대로 실버와 블랙을 처치하였습니다. 당신께서도 약속을 지켜 주시어 제 전공을 높이 사 주셔야 합니다."

나는 소리쳤다.

"당신의 종에게 엔테과스토가 누리던 지위를 내려 주십시오. 또한 언데드 엠퍼러에게도 합당한 지위를 내려 주시어 당신의 종을 보필하게 해 주십시오."

한 번 더!

"둠 아루쿠다와 더 그레이트 골드가 참전하지 않는 까닭은 모릅니다.

그러나 그들이 참전하지 못하는 데에는 그만한 이유가 있을 것입니다. 당신의 종이 이 지긋지긋한 전쟁을 끝낼 유일한 재목임을 알아주십시오.

엔테과스토에게 허락되었던 죽음의 대지들을 제게 주십시오.

엔테과스토에게 허락되었던 권능들을 제게도 주십시오.

제게도 장막 위, 당신의 모습을 볼 수 있는 기회를 주십시오.

저는 당신의 발밑에서 이 전쟁을 끝내고 말 것입니다."

장막 위로 올라가야만 이것들의 정체를 확인할 수 있으리라.

Chapter 8.

찌릿—!

궁극의 영역으로 온 감각을 끌어올려도 장막 너머를 꿰뚫어 볼 순 없었다.

어차피 궁극의 영역으로 진입한 까닭은 거기에 있지 않았다. 장막이 눈에 띄게 흔들린 시점에서 한 번 더 눈을 부릅떴다.

실핏줄보다 가느다란 검은 기운이 장막 아래로 모습을 드러냈다.

그것은 빨랐다.

숙주의 몸을 향해 달려드는 꼴과 흡사했다.

시야를 내부 세계로 돌렸을 때, 그것은 권능을 담당하고 있는 영역에 새겨져 있던 오래된 흉터를 따라 흐르고 있었다.

실 끈 같은 놈의 기운이 권능의 영역 전반을 옭아매는 중이었다.

너무도 미세해서 이전에는 알아차릴 수 없었던 현상.

이것이 둠 카오스가 휘하 군주들에게 속박을 가하는 진짜 실체였다.

잘라 낼 수 있다면 속박에서 벗어나는 것이고, 또 권능의 영역에 흉터처럼 굳어져 있는 부분들까지 복구시킨다면 내 안의 권능을 자유자재로 다루는 게 가능한 것이다.

그렇지 않은가.

권능에 걸린 속박을 풀기 위해 탐구에 매진해 왔던 일들은 애초부터 쓸모없는 짓이었다.

두 가지 전제 조건이 있었다. 첫째로 궁극의 영역에 진입해 있을 것. 둘째로 내부 세계를 관조하는 데 정통할 것.

그 두 가지 조건이 충족되기 전까지는 속박이 어떻게 구성되어 있는지 절대 확인할 수가 없는 것이었다.

[설계도 '둠 카오스의 속박(SSS)'이 추가 되었습니다.]

[* 당신의 권능은 속박 되어져 있습니다. 설계도를
사용할 수 없습니다.]

심장이 두근거리는 느낌을 받았다. 이대로 고개를 들었
다간 도둑질을 하다가 걸린 아이 같은 눈빛을 띠고 있을 일
이다.

평정심을 되찾기까지 찰나, 새로운 메시지가 공격하듯이
난입해 왔다.

**[전지전능한 당신의 주인, 둠 카오스가 둠 맨의 복
귀를 환영합니다.]**

일단 둠 카오스는 나를 다시 받아들였다.

하지만 이어진 침묵.

몹시 불편하다.

고개를 숙이고 있는 상태에서는 칠흑의 계단밖에 보이지
않았다.

상식선에서는 존재하지 않는 물질. 태고의 신전도 이와
같이 초강도의 물질로 구성되어져 있었다.

더 그레이트 실버를 쥐고 궁극의 근력과 민첩을 다해 휘
두른다면 파괴할 수 있지 않을까? 그런 생각들이 떠오를

무렵이었다.

[둠 엔테과스토는 퇴출 되었습니다.]
[둠 맨이 둠 엔테과스토의 지위를 계승하였습니다.]

[둠 언데드가 둠 맨의 지위를 계승 하였습니다.]
[옛 네크로맨서 군단(바르바 군단)은 둠 언데드에게 복종했습니다.]

그때 오싹한 느낌이 귓가를 스쳤다. 바로 내 옆으로 난입되어진 조슈아는 아슬아슬하게 중심을 잡으면서 주위를 확인했다.

아무리 의념이라도 둠 카오스의 목전에서 사용하기에는 부담이 컸기 때문일 거다. 조슈아는 무릎을 꿇고 있는 내 모습을 고통스러운 시선으로만 쳐다보았다.

그에게 평정심을 유지하라 말해 주고 싶었다. 이따위 무릎은 백번이라도 꿇을 수 있다고, 이런 건 내게 수치도 아니라고.

그러나 곧 조슈아의 얼굴이 희미하게 뭉개졌다.

그의 고갯짓이 장막을 향해 완성되었을 때에는 정말로 일말의 동요도 느껴지지 않았다.

이 순간을 꽤 오랫동안 각오해 왔다는 듯, 그의 자세도 그렇게 자연스럽게 주저앉기 시작했다.

조슈아가 나타나고 무릎을 꿇기까지는 굉장히 짧은 시간이었지만 그가 체감하기로는 정말로 긴 시간이었던 것 같다. 직전에 날 내려다보았던 그의 고통스러운 시선에서 그런 느낌이 다분했다.

그쯤에서 시선을 거두며 외쳤다. 이번에는 장막을 향해서가 아니었다.

고개를 숙인 그대로 외친 것이라서, 묵중한 음성이 바닥에 부딪혀 울려 댔다.

"엔테과스토에게 허락되었던 권능과 죽음의 대지들을 주십시오!"

그런데 둠 카오스의 대답은 예상치 못한 것이었다.

장막을 뒤흔들면서 나온 놈의 의념은 명령에 가까웠다. 뼈 반지를 조슈아에게 인계하라는 것이었고 메시지도 덩달아 반응했다.

[* 아이템 '죽은 자들도 경외하는 둠 맨의 뼈 반지'를 사용 할 수 없습니다. (고유 권능 '죽은 자들의 제왕')]
[조건이 충족 되지 않았습니다.]

일방적으로 인계하라니, 그건 놈이 그동안 보여 주었던 모습과는 상반된 것이다.

놈이 나를 경계하기 시작한 걸까? 엔테과스토에게 허락되었던 권능은 물론이거니와 죽음의 대지도 내려 줄 생각이 없는 것이다.

"뼈 반지는 당신의 종이 스스로 쟁취해 낸 주력 중 하나입니다. 어떻게 그것을 제게서 빼앗아 가실 수 있으십니까.

비록 많은 고룡들이 사라졌다고는 하나, 아직도 당신의 종 앞에는 더 그레이트 레드가 남겨져 있습니다.

또한 둠 아루쿠다가 더 그레이트 골드를 대적하지 못한다면 그 역시 당신의 종이 담당할 몫이라 여기고 있습니다.

기억하실지 모르겠습니다. 당신의 종이 충정을 다 바친 까닭 중 하나는 간악한 올드 원이 저희들을 소모품으로 취급했기 때문이었습니다.

정녕 당신께서도 당신의 충실한 종을 소모품으로 다루실 생각이십니까?

둠 언데드를 포함하여 누구도 당신의 종을 대신할 수 없습니다."

조슈아에게 힘을 실어 주는 것이 불안해서가 아니다. 우리가 둠 카오스에게 보이는 거짓 충정과 달리, 그가 내게 보이는 충정은 진실된 것이니까.

그때 낯설게 느껴지는 음성이 옆에서 흘러나왔다.

"둠 맨은 죽음의 대지들을 다스릴 자격이 없습니다."

고개를 돌려 나를 똑바로 쳐다보는 두 눈 또한 차갑기 그지없었다.

그는 당당하게 손까지 내밀었다.

"주십시오. 당신의 뼈 반지를."

＊　　　＊　　　＊

뼈 반지가 조슈아의 손아귀에서 정화되고 있었다.

이윽고 뼈 반지를 착용했을 때, 그의 동공이 크게 확장되었다.

초점은 여기 어디에도 있지 않았다. 여기에 존재하지 않은 뭔가를 응시하고 있는 게 분명했다. 어쩐지 그의 두 눈에서 많은 별들이 빛나고 있는 듯한 느낌은 단지 느낌만이 아니었다.

[둠 언데드가 '성(星) 죽음의 대지'들의 새로운 주인이 되었습니다.]

[전쟁이 승리로 끝나는 날, 성(星) 드라고린 또한 둠 언데드의 차지가 될 것입니다.]

나는 목소리를 더욱 드높였다.

"전지전능한 나의 주인이시여. 당신의 질서는 대체 무엇이란 말입니까? 당신의 종은 대체 어떤 질서하에 속해 있단 말입니까?

둠 언데드가 당신의 종을 추종해 온 것은 부정할 수 없는 사실입니다. 그렇다고 제 공을 둠 언데드에게 모조리 넘겨 버리는 것을 어떻게 받아들여야 합니까?

공을 세우면 엔테과스토에게 허락되었던 권능과 통치의 땅들이 제 것이 될 줄 알았습니다. 그래서 당신의 종은 그런 모험을 감행할 수 있었던 것입니다.

하지만 돌아온 결과가 이것이라면 당신의 종은 섭섭한 마음을 감출 수가 없게 되는 것입니다. 나의 주인, 둠 카오스시여.

당신의 종이 바라는 것은 하나밖에 없습니다.

전공을 인정해 주십시오.

남은 적들을 무찌를 수 있게끔, 당신의 종을 달래 주십시오."

장막의 흔들림이 멈췄다. 그것은 빌어먹을 신호였다. 그렇게 강력하게 요구했건만, 놈은 본인의 영역으로 나를 초대하는 것만으로도 과분한 대가를 내렸다고 여기고 있을 터였다.

이제는 위로 올라갈 때였다. 장막을 향해 치솟아 올랐다.

장막은 서려 있던 힘을 풀고 나를 받아들여 주었다. 그러고 난 다음이었다.

그런데 대체 이 빛은…….

순간 눈을 뜰 수가 없었다.

마신으로 대변되는 놈의 정체성과는 다르게 너무나 밝은 빛으로만 가득 찬 공간이었다.

감각 망으로 포착되기론 둠 카오스가 분명한 가공할 기운은 계단의 정점에 응집되어 있었다.

시야는 빠르게 적응했다.

그제야 이 공간을 물들이고 있는 밝은 빛의 정체가 무엇인지 깨달았다.

공간 사방 너머에서 들어오고 있는 빛의 줄기들이 정점으로 이어져 있었는데, 그 빛의 줄기들에서 발산되는 것들이었다.

어떤 권능의 기운이 아니다. 한 줄기 한 줄기가 모두 생명의 기운이다.

시작의 장 2막 1장에서 제거해 보았고 최종장에서는 나

역시 사용해 본 적이 있었던 그것, 빛 기둥! 어딘가에 잔존해 있을 그것들이 지금까지도 둠 카오스에게 이어져 있는 것이다.

빛에 익숙해지고 나자 감각망에 의존하지 않아도 되었다.

육안으로도 둠 카오스의 신형이 드러나기 시작했다. 옥좌가 위치한 바닥을 밟고 있는 양발. 옥좌의 팔걸이에 가볍게 올려진 두 팔. 그렇게 강인한 선을 따라 목까지. 놈은 무형체(無形體)의 존재가 아니었다.

이족 보행의 우리와 하등 다를 것이 없지 않은가. 저절로 고여 버린 침 따위 삼킬 시간이 없었다. 시선은 계속 위로 향하는 중이었다.

놈의 얼굴을 직접 보고야 말겠다는 일념으로 멈추지 않던 그때.

　　[경고: 권능 저항력이 부족합니다.]

시간이 산산이 부서진다는 게 어떤 느낌인지 깨달을 수 있었다.

정신을 차리고 보니 나는 무릎을 꿇고 있었다. 머릿속에 남아 있는 잔상은 수많은 파편으로 쪼개져 정신을 쏙 빼놓고 있었다.

그래도 간신히 온갖 잔상들이 하나로 맞춰졌을 때, 나를 내려다봤던 두 눈알을 떠올릴 수 있었다.

검은 얼굴의 배경 속에 박혀 버린 그 공포의 시선을 말이다.

그 무시무시한 시선은 지금도 나를 내려다보고 있는 중이었다.

"나의 주인이시여."

가쁘게 들락날락하는 호흡을 짓누르며 고개를 다시 움직였다.

다리가 보이고. 가슴이 보이고. 목. 그리고…….

[경고: 권능 저항력이 부족합니다.]

제기랄. 신경이 뚝뚝 끊기는 듯한 느낌은 외부에서만 온 것이 아니었다.

내부 세계에 기생충처럼 자리해 있는 놈의 권능까지 동시에 움직이면서 나를 안팎으로 짓누르는 것이다. 본인의 신성에 도전하지 말라는 경고일 터.

그런데 바닥에 부딪혔을 때 이마부터 닿았던 것인지, 바닥으로 톡톡 떨어져 번져 버리는 그것은 내 핏물이었다. 실로 오랜만에 보는.

"그건 거래이기도 했습니다. 전공을 인정해 주십시오."

중얼거리듯 말했다.

"누구보다 이 전쟁을 끝내고 싶어 하는 게 바로 당신의 종입니다. 아시겠습니까? 당신보다 제가 더 절박하단 말입니다!"

놈의 얼굴을 보고자 하는 명분이었으면서도 진심이었다.

각오는 하고 있었다.

고개를 확 쳐든 순간, 어느새 내 앞에는 전과 동일한 메시지가 떠 있었다.

참지 않고 뱉었다. 핏물을 한 움큼 토해 버리고 났음에도 불구하고 바닥으로 계속 핏방울들이 떨어진다. 멈추지 않는다.

바닥에 고인 핏물에도 사방의 빛이 스며들었다. 잠깐이었지만 떨리고 있는 내 얼굴이 거기에 비쳤다 사라졌다.

그렇다.

놈의 얼굴을 제대로 봤었다. 야욕밖에 남지 않은 두 눈깔도.

*   *   *

휘하 둠들은 새로운 인격체라도 만들어 냈었지, 놈은 그러지도 않았다. 확신할 수 있었다.

오랜 세월 속에 인격은 무뎌지고 거대한 힘과 유일한 신성이 되겠다는 야욕밖에 남아 있지 않은 놈. 둠 카오스……

그 일념으로만 응집되어 있었기에 압도적인 공포를 발산할 수 있는 것이겠지만.

지금 심장이 뛰고 전신이 위축되는 것이야, 이 몸으로도 어쩔 수 없는 생존 본능일 뿐이다.

자신의 상태를 제대로 관조(觀照)하는 능력이야말로 상급 각성자로 발돋움할 수 있는 기초 중의 기초가 아니었던가.

이번만큼은 놈에게 마음 전체가 꺾이지 않았다. 놈은 쓰러트리지 못할 존재가 아니라는 걸 확인했기 때문이리라.

눈, 코, 입 제대로 달린, 우리와 하등 다를 바 없는 존재. 올드 원이라고 해서 무엇이 다르겠는가. 이런 놈에게 궁지까지 몰렸는데!

그래, 나는 기쁘다. 기뻐.

놈의 공포에 제멋대로 놀라 버린 육신의 떨림이 멎기 전에 한 번 더 외쳤다. 이미 목적을 달성했기에 고개를 들지 않았다.

핏물이 고여 버린 바닥만을 쳐다보면서.

"권능도 땅도 무엇도 허락하지 않으실 뜻이라면!"

푸악!

입에서 터져 나오는 피를 훔쳤다.

"적어도 뼈 반지를 대체할 수 있는 것을 돌려주셔야 하는 겁니다. 나의 주인이시여어어어어어―!"

*　　　*　　　*

요구는 묵살되었다.

"하면 당신의 종은 잃은 힘을 스스로 되찾을 수밖에 없습니다."

소환되었던 장소로 되돌려진 엿 같은 정황이 분명 그러했다. 둠 카오스의 얼굴을 보기 위해 행했던 고갯짓들의 결과로 온몸이 욱신거렸다.

조슈아와 함께 성채로 들어가 이후를 논의할 생각이었다. 그가 '성(星) 죽음의 대지'들을 얻으면서 무엇이 가능해졌는지도 궁금했다.

그런데 그를 향해 고개를 돌렸을 때 보이는 거라곤 고룡의 영혼을 타고 날아가는 그의 뒷모습뿐이었다. 그는 일언반구도 없이 떠나고 있었다.

그래. 그래. 왜 아니겠는가.

장막 바로 아래에 위치해 있었기 때문에라도, 그는 둠 카오스의 공포를 실감했을 것이다. 둠 카오스를 의식할 수밖에 없겠지.

"둠 맨은 죽음의 대지들을 다스릴 자격이 없습니다. 주십시오. 당신의 뼈 반지를."

그랬던 언행 또한 그의 신중함에서 비롯된 것일 터.

둠 카오스가 나를 경계하는 모습을 보이기 시작한 이상, 본인 또한 더욱 신중해질 필요가 있다고 스스로를 채찍질하고 있을 것이다.

성채로 내려온 후였다.

"오딘을 뵙습니다."

"오딘을 뵙습니다."

그때부터 내게 향하기 시작한 모든 시선과 음성은 전부 떨려 대고 있었다.

둠 카오스의 본 모습을 목도했던 당시의 내가 여기에는 그렇게 수천쯤 되었다. 설령 속으로는 흑심을 품을 놈이 있을지언정 육신에 깃든 기억만큼은 어쩔 수 없는 것이다.

만들어진 이래로 주인이 나타나기만을 기다리고 있던 권좌.

거기에 앉은 후 지친 동작으로 손을 저어 버리자, 성채에 대해 조잘거리고 있던 사령부 녀석도 황급히 떠나며 거대한 문이 양쪽으로 조심스레 닫히기 시작했다.

적막과 동시에 채워 버린 어둠. 그 속으로 메시지 하나가 떠올랐다.

[관리자 모드에 진입합니다. (특전, 시스템 관리자)]

내 요구를 전부 묵살한 마당에 둠 카오스 놈은 딱히 할 말이 없을 것이다.

지금부터 내가 하려는 것에 대해.

*　　　*　　　*

너무도 거대해서 무한해 보이기까지 하는 힘.

둠 카오스 쪽은 확신할 수 있다. 놈은 온갖 차원들을 꾸준히 먹어 치우며 지금에 도달했다. 빛기둥이 놈의 힘의 근원.

하지만 올드 원에 대해선 아직도 미지수인데, 엘프 여왕조차도 출입이 자유롭지 않은 최고의 성역, 엘슬란드의 '태고의 신전'과 어떻게든 연관되어 있을 거라고 의심은 간다.

어쨌든 성(聖) 드라고린은 둠 카오스에겐 최후의 전장이며.

올드 원에겐 본인의 모든 것을 투입하여 만들어 둔 최후의 보루이자 애정의 결정체다.

여기 어디에나 올드 원의 힘이 흐른다. 대기에도, 그 힘을 받아들이는 방법을 알고 있는 종(種) 하나하나에게도. 그래서 하는 말이다.

마음 같아선 둠 카오스가 차지하고 있는 빛기둥의 차원으로 각성자들을 보내 버리는 등, 자체적인 힘을 확보하고 싶지만.

어쨌거나 그렇게까지 시스템을 운용할 힘이 없다면 여기에 남겨진 올드 원의 힘을 빼앗아 오면 되는 거다.

[뭉족 (특전)

뭉족은 멸망하였지만 ~~그들와 시스템~~ 올드 원이 남겼던 힘은 뭉족 각성자들에게 아직도 잔존해 있습니다.

효과: 뭉족 각성자들을 제거할 때마다 남겨진 힘 일부를 회수 합니다.]

그건 본인의 힘을 회수하려는 올드 원의 노력 중 일부였다. 회수자에서 추출자로 이름을 바꾼 지금의 특성 또한 마찬가지.

뭉족 특전은 생물을 대상으로 하는 대인(對人), 추출자는 물체를 대상으로 하는 대물(對物)의 성향으로 특화되어 있다.

이 중에서 나는 특전 뭉족을 각성자들에게 풀어 버리려고 생각을 마쳤다.

그런데 문제는 현재 각성자들은 올드 원과 배척된 세력이라는 데 있었다.

마나로 일컬어지는 올드 원의 힘을 각성자들이 그대로 흡수했다간 독으로 작용하기 때문에 거기에 깃든 올드 원의 의지를 지워 순수한 생명의 힘으로 돌리는 과정 즉, 정화가 수반되어져야 한다는 것이다.

나야 장구한 탐구의 결실을 맞이한 몸이라 상관없지만, 일반 각성자들은 아니다.

각성자들에게는 최소한의 매개체가 필요하다.

[정화 장치 '시스템 서버'를 생성 합니다.]

태고의 신전이나 칠흑의 계단을 구성하고 있는 초월적 물질로 만들어 버렸다면 달랐겠지만, 고작 철제로 구성한 것이다.

빠져나간 힘은 소수점 두 자리까지 표기되는 상태 창에

서 변동조차 없었다.

철함은 그려 냈던 이미지대로 생성됐다. 권좌 옆에 떡하니 자리를 잡아 나타났다.

흥분된 마음을 감출 수가 없었다.

이것이 바로 창조의 영역. 둠 카오스도 눈치채고 있을 시스템 관리자의 진짜 능력 중에 하나다.

＊　　　＊　　　＊

[정화 장치 '시스템 서버'는 작동 하지 않습니다.]
[매개체가 될 재료를 장착 해 주십시오.]

재료는 마나에 깃든 올드 원의 의지를 씻어 낼 만큼 강력한 것이어야 한다. 그러며 올드 원에게 공명하지 않는 물건이어야 한다.

시스템을 손보고 있을 무렵 기다리고 있던 그것이 도착했다.

각성자들이 밀고 내려오는 엘프 군단과 대적하고 있는 동안 올리비아와 그녀의 그룹원들은 단독으로 맡고 있는 임무가 있었다. 내가 자리를 비웠어도 상황은 제대로 통제되고 있었던 것이다.

올리비아가 더 그레이트 그린의 심장을 양손으로 올려바치며 말했다.

"저 올리비아의 주인, 오딘을 뵙습니다."

그녀는 그것을 확보할 수 있었던 사정을 짤막하게 보고했다.

"용골병들의 전투술이 갑자기 저열해진 덕분이었습니다."

"겸손할 것 없다. 너희들의 노고에 대한 대가는 조만간 보상토록 하지."

어디 용골병뿐만일까. 더 그레이트 그린의 의지는 둠 아루쿠다에게 삼켜졌을 때 용골병을 포함해 심장에 깃들어 있던 부분까지 전부 사라졌을 터였다.

그러니 매개체로 더 그레이트 그린의 심장만 한 것은 어디에도 없다 할 수 있었다.

이제 그린의 심장은 강력한 힘이 응집된 덩어리에 불과하지 않은가.

물론 추출한다면 당장은 나를 더 강하게 만들어 주겠지만. 황금알을 낳아 줄 거위의 배를 이대로 째 버릴 수는 없는 것이겠지.

올리비아가 나간 다음이었다.

[정화 장치 '시스템 서버'에 재료 '더 그레이트 그린
의 심장'을 장착 하였습니다.]

우우우우웅—!
철함을 중심으로 기운이 소용돌이쳐 휘감아 돌다 사라졌
다.

[정화 장치 '시스템 서버'를 작동 시킬 수 있습니다.]
[전송 비율을 설정 해 주십시오.]

9:1이다.
물론 내가 9, 각성자들은 1.

[* 전송 비율]
[시스템 관리자 (오딘) : 90%]
[시스템 사용자 (각성자) : 10%]

[* 정화 장치 '시스템 서버'는 다음과 같이 작용 됩니
다.]

[1. 시스템 사용자(각성자)가 마나를 다루고 있는 드

라고린의 종(種)들을 처치할 시.

　2. 드라고린의 종에 깃들어 있던 마나가 장치로 회수
됩니다.

　3. 이후 정화 과정을 거쳐 설정된 비율에 따라 힘이
분배됩니다.

　4. 시스템 관리자(오딘)에게 90%, 시스템 사용자(각
성자)에게 10%.]

　한 가지 흠이라면 본토 전역이 둠 카오스의 힘으로 둘러
싸여 있는 탓에 본 장치를 본토에는 설치하지 못하는 데 있
지만.

　어쨌거나 지금으로도 충분히 완벽하다. 하지만 기뻐하긴
이르다.

　이제 준비만 마친 거니까.

　[시스템을 가동 시키겠습니까?]
　[* 현재 등록된 시스템 사용자는 142,239 명입니다.]

　마지막으로 지금도 나를 지켜보고 있을 빌어먹을 시선을
향해 한마디 던졌다.

　"어디까지나 뼈 반지 대신이란 걸 알아주십시오. 허락지

않으신다면 여기서 멈추겠습니다."

둠 카오스는 올드 원의 시스템이 만들어질 때 개입할 수 있는 능력을 보여 주었다. 과연 내게도 개입할 수 있을지는 알 수 없으나 최우선으로 염두에 둬야 할 일임은 틀림없으리라.

길어진 침묵 끝에 주사위를 던지기로 마음먹었다.

"말씀이 없으시다면…… 진행하겠습니다. 당신의 좋은 기필코 승리를 바칠 것입니다."

찌릿─!

[시스템이 가동을 준비합니다.]

[0%…… 10%…… 20%…… 30%…… 40%……
50%…… 60%…….]

궁극의 영역에 진입해서 행여나 있을 개입을 경계했다.

올드 원은 둠 카오스가 개입해도 감행했던 것 같다만 나는 그런 움직임이 포착되면 그대로 중단해 버릴 생각이었다.

과연 놈은 개입할 것인가, 하지 않을 것인가? 여기서까지 개입한다면 놈은 정말로 경계를 넘어서 나를 버리기로 작정한 것이 된다.

올드 원에게 전향하라고 등 떠미는 꼴이나 다름없는 것

이다.

내가 그리할 수 없는 처지라는 것을 알기 때문에라도 더욱이나.

[70%…… 80%…… 90%…….]

할 것이냐, 말 것이냐?

[96%…… 97%…… 98%…… 99%…….]

됐다! 지금 이 순간부터 죽어 나가는 그린우드 종의 마나는 거의 다 내 것이다.

[시스템이 가동 됩니다.]

비로소 권좌에 늘어지자마자였다. 바로 알림을 꺼 버릴 수밖에 없게도, 온갖 메시지들이 아래에서부터 천장까지 온 시야를 도배하며 나타났다.

[경험치를 획득했습니다.]
[경험치를 획득했습니다.]

……

　내게 꾸준히 힘을 가져올 파이프 라인은 완성되었다. 그
렇다고 늘어져만 있을 수는 없다.
　이제 어디로 가는 게 좋을까.
　진군의 선봉에 설까.
　아니면 여긴 부지런할 일개미들에게 맡기고 다른 종들의
대륙으로 떠나 볼까.

＊　　　＊　　　＊

　'시스템이 돌아왔다?'
　조나단은 강렬한 직감을 받았다.
　이계의 승전보를 전해 받고선 한결 안심하고 있던 때에
전혀 예상치 못한 일이 터진 것이었다.
　"상태창."

　[이름: 조나단 헌터 레벨: 530 (첼린저)]

　그가 알고 있는 선에서 시스템은 올드 원이 각성자들에
게 걸었던 저주나 마찬가지였다.

[상태 창 정보(소속, 지위)가 추가 되었습니다.]

[이름: 조나단 헌터 레벨: 530 (첼린저)

소속 1: 세계 그림자 정부, 전일 클럽

지위: 권좌의 주인

소속 2: 세계 각성자 협회

지위: 이사 (둠 맨의 제사장)]

조나단은 미간을 굳히며 창을 노려보았다. 특히 클럽의
진짜 이름이 박혀 있는 거기에서 그의 얼굴은 한층 더 심각
해졌다. 그가 핸드폰을 꺼내 들 때에도 메시지와 창들, 그
불길한 징조들이 계속 시야에 난입되고 있었다.

[반복 퀘스트 '드라고린 종(宗) 처치'가 발생 했습니
다.]

[수집 퀘스트 '마석'이 발생 했습니다.]

[수집 퀘스트 '전리품'이 발생 했습니다.]

그런데 이상했다. 정녕 이게 올드 원의 짓이라면 성장이
멈춰 있던 각성자들을 구태여 다시 성장시킬 이유가 없는

것이다.

[마석 (수집 퀘스트)

마석은 다양한 곳에서 수집할 수 있습니다. 특히 그
린우드 대륙 곳곳에 분포되어 있는 마탑들은 대량의
그리고 고등질의 마석들을 에너지원으로 삼고 있습니
다.

임무: 마석을 확보하여 협회에서 지정한 창구로 가
져 오십시오.
보상 : (마석의 양과 등급에 따라 보상이 달라집니다.
자세한 보상 내역을 확인 하십시오.)

수집 퀘스트의 내용만 해도 이미 협회에서 시행되고 있
는 일이 아닌가?
그걸 시스템에선 퀘스트로 각성자들에게 더 큰 동기를
부여하고 있었다. 순간 조나단의 뇌리로 한 생각이 스치고
지나갔다.
'……썬, 그 친구가?'

＊　　　＊　　　＊

혹시 본인에게만 일어난 일이 아닐까? 몇몇 각성자는 그렇게 생각했다.

이 빌어먹을 전장도 괴악한데 시작의 장이 또 시작되는 게 아닐까? 그보다 많은 수의 각성자들은 그렇게 긴장했다.

수집 퀘스트의 지급 창구가 협회로 지정되어 있는 게 이상한걸? 대부분의 각성자들은 그런 의문을 떨치지 못했다.

하지만 모든 각성자들은 공통적으로 깨달은 사실이 있었다.

이제 다시 레벨 업을 할 수 있다!

성일은 성채 벽에 걸터앉아 각성자들의 큰 술렁임을 내려다보는 중이었다.

그러는 그의 시야 중심에도 창이 맺혀 있다.

[이름: 권성일 레벨: 501 (첼린저)

소속 1: 세계 각성자 협회

지위: 이사 (둠 맨의 제사장)

소속 2: 제1군단

지위: 군단장 1

성일은 시작의 장, 극초반에 오딘과 함께 바클란 본토를
종횡하였던 날들이 떠올랐다.

당시에는 왜 그런 고행을 홀로 감당하고 있는지 몰랐는
데 나중에 돌이켜보니 일련의 임무들이 끝나고 나면 시스
템이 변동되어 있었었다.

등급제에서 구간 레벨제로. 무조건적인 랜덤 박스에서
조건부 랜덤 박스로.

그러다 점차 시스템에 깃들어 있던 악랄한 농간질마저
끝내 지웠던 게, 그분이었다.

'또 일 내셨구만. 참말로 한계가 없으신 분이여.'

성일의 얼굴에 아련한 미소가 스치고 지나갔다. 한때나
마 그런 분과 친구를 먹었던 시절을 가졌다는 게, 지금으로
선 믿기지 않는 일이었다.

그때 날카로운 느낌이 성일의 상념을 깨고 들어왔다. 성
일은 멀리 시선을 가져갔다.

제2군단이 전비를 마친 곳. 그쪽도 사령부의 명령이 떨
어지기만을 기다리고 있는 곳으로 헤라가 군단장으로 있었
다.

일점(一點)으로 조그마했던 얼굴이 빠른 속도감과 함께 확 커져 보였다.

성일에게도 헤라에게도, 서로를 바로 앞에서 마주 보고 있는 격이었다. 헤라가 성일에게 보내오는 눈빛은 틀림없는 도전장이었다.

'쓰벌. 지훈이 말을 들었어야 했는디.'

불의 정령왕 셀레온이 현신했을 때가 기회였었다. 그때 조금만 수작을 부려 놨어도 헤라는 셀레온에게서 살아남지 못했을 것이다.

'저것과 2렙 차였지.'

자신은 501렙. 저 싹퉁머리 없는 계집은 499렙. 협회에 등록된 레벨 순위로도 자신은 5위였고 저년이 바로 아래였다.

'쪼까. 성가시게 됐구마잉.'

그렇지 않아도 헤라의 무장은 유명했다. 제사장 의례 때문에 수익 전부를 바쳐 왔던 자신과는 다르게 헤라는 제 탐욕을 장비에 집중시켜 왔단 말이다.

"이거나 먹으."

성일은 주먹을 쳐서 올리는 제스처를 취한 다음 뒤에 대고 말했다.

"어이. 동상."

성일의 부장으로 발탁된 인사는 한국계였지만 구원자의 도시민은 아니었다.

"예."

"저년한테 가서 퀘스트 정보 좀 공유하자고 말혀 봐. 추정컨디 우리에게 뜬 것이 저것에게도 떴을 게 분명혀. 아녀?"

성일의 부장은 그의 시선을 쫓아서 헤라를 발견했다.

그의 얼굴이 금방 사색이 되었다.

"같은 생각입니다만, 순순히 공유하겠습니까. 칼리버 님의 생각은 확실할 겁니다."

성일이 말하는 건 평판 퀘스트였다. 하위 각성자들이 아닌 상위 각성자들에게 들어온 퀘스트로 평판 점수라는게 적시되어 있었다.

다른 이들은 몰라도 성일은 그 평판 점수가 어디에 쓰일지 짐작 가는 데가 있었다.

제사장 중 두 명이 사라졌다. 오시리스는 이제 같은 인류라고도 할 수 없을뿐더러 초월적인 존재가 되어 이탈했고.

마리 누님 역시 옛 인도관들의 숭배를 받는 존재로 더는 제사장이 아니었다.

공백으로 남은 제사장 자리는 둘.

평판 점수는 차기 제사장을 선택하는 데에 쓰일 공산이 높았다.

"그럼 없던 것으로 허고, 아그들 준비 똑바로 시켜라 잉."

"그렇지 않아도 제 사비를 들인 게 있습니다."

"사비까지 들였으?"

"칼리버 님의 부장 자리는 그냥 따낸 게 아닙니다. 저만 믿어 주십시오. 충정을 다하여 부모 모시듯 모실 것입니다."

"입으로만 싸그리지 말고, 비상령 해제되믄 니 부모님부터 찾아뵈. 사람이 그러는 거 아녀. 나는 다른 거 안 봐. 기본이 인성이란 말여."

각성자들에게 기본적으로 인성을 보겠다니, 하지만 부장이 으레 하는 얘기겠거니 하고 지나치기엔 성일의 눈빛이 무시무시했다.

"명심하겠습니다. 이끌어만 주십시오."

"지럴허네."

"……."

"어쨌든 말여. 태한 동상…… 험험! 사령부에서는 이참에 끝장 볼 수 있는 데까지 보려 하긋지. 언제 이만큼 다 모이겄으."

"그렇습니다."

"가뜩이나 시스템도 다시 열려 버렸응게, 조거 조거, 조것들 봐라. 아주 똥 마련 개새끼처럼 안달 나 있잖어."

성일은 출진 명령만 기다리고 있는 군단들을 바라보며 마저 말했다.

"비상령은 금방 해제되지 않으. 그러니께 정신 똑바로 챙기지 않으믄 달려 나가는 것들의 꽁무니 쫓아가믄서 손가락만 쪽쪽 빨아야 할 것이여."

그때였다.

검은 성채에서 종 같은 큰 소리가 울리기 시작했다. 출진한 시간 전을 알리는 소리.

부장을 향해 중얼거리면서 다져 왔던 결심을 다시금 세우는 소리.

'사나이로 태어났으믄 엔더는 찍어 봐야 않겠어?'

꼭 헤라를 의식해서가 아니었다. 엔더(ender)라는 뜻부터가 끝에 선 자란 뜻 아닌가.

성일이 기지개를 켜듯이 큰 체구를 일으켰다.

*   *   *

각성자 군단이 사방으로 침공을 시작한 지 이틀째가 되던 날.

이태한은 이계에 들어왔다.

영상으로는 숱하게 봐 왔지만, 직접 두 눈으로 지난 전장을 담기로는 이번이 처음이었다.

한바탕 살육의 광기가 휩쓸고 지나갔던 곳 한쪽에는 수만 구의 시체가 이미 소각이 이뤄져 있었다. 때문에 영상 속에서 봤던 그 시체의 산은 없었다.

그럼에도 불구하고 각성자만 무려 오만 명이 전사한 죽음의 땅이었다. 바람에는 아직도 피비린내가 깃들어 이태한을 스치고 지나갔다.

그는 검은 성채 쪽으로 시선을 돌렸다.

[건물: 검은 성채 방어 레벨: *99*

관할: 인간 군단

성주: 오딘]

성문에 이르렀을 때쯤 어김없이 창이 떠올랐다.

각성자들이 흥분해서 보고한 바들은 사실이었다.

지금의 '방어 레벨'이 시작의 장에서와 동일한 척도 아래 계측되는 것이라면 이 성채는 그가 경험해 본 구조물 중에서 제일 압도적으로 강력한 것이 되는 거였다.

과연, 기억 속의 무엇과도 비교할 수 없을 정도로 말이다.

"일단 용병들도 출입을 제한해 두었습니다."

이태한은 사령부 1급 권한을 가진 한 각성자의 안내를 받고 있었다.

'권좌의 방'이라 통칭된 알현실 앞까지 도착한 다음이었다. 구원자의 도시민들이 알현실로 들어가는 문을 지키고 있었다.

이태한은 그들을 불편하게 쳐다보았다. 그의 시선은 좀 더 옆쪽으로 비스듬히 떨어졌다. 바닥에 엉덩이를 깔고 앉아 있는 김지훈이 보였다.

이태한은 자신을 올려다보는 김지훈의 얼굴을 보고 한소리를 내려다 그만두었다.

어쨌거나 여기는 그분의 침전이라 할 수 있는 방 앞이었다.

대신 이태한은 음성에 무게를 실어 말했다.

"비키지?"

하지만 돌아오는 대꾸는 재수 없는 미소였다.

"척 보면 딱 아닙니까, 협회장님."

"'구원자의 도시'를 최초로 명명한 것이 나였다. 이 내가 너희들보다 못할 까닭은 없지. 비켜."

그러면서 이태한은 김지훈뿐만 아니라 다른 구원자의 도시민들에게도 비키라는 눈빛을 보냈다.

"아이고야. 이제 와서 그 이름을 입에 담기엔 너무 염치 없는 거지요. 그분께선 계시지 않습니다. 돌아가십쇼."

이태한은 무시하고 문에 대고 말했다.

"오딘이시여. 제가 도착했습니다."

"아니 계신다 말씀드렸습니다."

언제부터 이것들의 세력이 이렇게 기승을 떨치고 있는지. 또 그분께서는 이것들을 왜 인정해 주셨는지.

김지훈을 내려다보는 이태한의 눈빛에 만감이 섞여 나왔다.

그걸 눈치 못 챌 김지훈이 아니었다. 김지훈는 어쩐지 웃는 것처럼 말했다.

"돌아가십쇼. 그 누구도 절대 들여보내지 말라는 지엄한 명(命)이십니다."

이태한은 자신의 실수를 인정했다.

'키워도 너무 키워 버렸군.'

구원자의 도시민들은 비록 비공식적이지만 그분의 친위 세력으로 인정받은 거나 다름없었다.

그나마 구원자의 도시민들 중 리더 격인 김지훈이 성채에 남아 있는 것 자체는 그리 나쁜 일이 아니었다.

그분의 침전을 꼭 지켜야 할 만한 이유가 존재해, 누군가 거기를 지켜야 한다면 구원자의 도시민만 한 것들이 없는 것이다.

하물며 김지훈 또한 그만큼 성장이 중단된 것이니, 이태한은 더 이상 신경 쓰지 않기로 했다. 그는 여기에 온 목적을 상기했다.

'그분께서 시스템을 주관하고 계신다.'

정황이 분명 그러했다.

'그런데 그게 어떤 힘인지는 상상하기도 힘들구나.'

모든 각성자에게 성장의 창구를 열며 퀘스트란 명령을 내리는 힘.

작은 의미에선 그렇게 정의할 수 있으나, 그런 게 가능할 수 있는 불가사의함을 쫓다 보면 결국 한 단어로 귀결되고 만다.

'신(神)⋯⋯.'

시간이 갈수록 그분과 자신의 간극은 아득히 멀어져 가고 있었다.

이대로는 진짜 신성의 길로 향해 가고 있는 그분의 행보를 쫓아갈 수가 없는 것이었다. 그래서 내부 지침을 완성하자마자 이렇게 부랴부랴 진입해 온 게 아니었던가.

이태한이 몸을 돌리려던 그때였다. 김지훈의 품 안에서 조그마한 푸른 빛이 튀어나왔다.

방정맞은 날갯짓이 윙윙—

　[이 애송이 말은 사실이에요. 둠 맨 전하께선 무식
하게 더러운 오크들에게 재앙을 선사해 주고 계시답니
다. 고삐가 풀리신 거죠. 거긴 피바다예요. 아주—]
　[소개가 늦었지요? 안녕하세요. 제사장님. 저는 둠
마리 님의 제사장, 루—루아라고 합니다.]

　그때 루루아는 김지훈에게도 어떤 말을 남겼는지, 김지
훈이 꺼지라는 말을 하며 손목을 까닥거렸다.

　[이 인간 말예요. 까불대는 게 귀엽지 않나요?]

　"용건이 뭐지?"
　이것들에게 좋은 기억이 없기는 이태한도 마찬가지였
다.

　[둠 마리 님께서 전하신 말씀이 있어요. 원래는 둠
맨 전하께 전해야 하는데 아시잖아요. 그분은 너무 너
무 너무 무시 무시 무시…… 하답니다.]
　[그렇다고 이 애송이 따위에게 전할 수는 없는 노릇

이었고요. 참 어떻게 해야 할지 안절부절못하던, 힘든 나날이었답니다. 그런데 마침내 인간 군단의 제사장 님께서 와 주신 거여요. 와아아아!]

"마리 님께선 뭐라 하셨나?"

[이번에 인간 군단이 엘프 여왕과 치른 전쟁 있잖아요? 그게. 아주 중요한 비밀이 숨겨져 있었어요. 둠 마리 님께서도 간신히 알아내셨답니다. 그게 무엇이냐면…….]

[그게 무엇이냐면…….]

이태한은 숨까지 멎으며 이어질 말을 기다렸다.
그런데 그때.

[60초 후에 계속 됩니다.]

김지훈의 언행을 보고도 화를 내지 않았던 이태한이었으나 그 순간 그의 이마에서 부풀어 버린 핏줄은 정말로 뚜렷하고 시퍼렜다.

[(☞ ´╰╯`)☞]

[성(聖) 카시안은 그 전쟁이 터질 줄 알고 있었대요.
아주 오래전부터.]

*　　　*　　　*

"성 카시안께선 여러분들을 일컬어 '주의 전사'들이라
말씀하셨소. 여러분들도 그걸 자부하고 있는 게 아니었소?
이거 참. 당황스럽기 짝이 없구려."

험상궂은 오크들의 눈빛에도 불구하고 엘프는 태연했
다.

폭설이 몰아치고 있었다. 엘프는 모피에 달라붙는 눈을
툭툭 쳐 내면서 똑같은 말만 되풀이하는 중이었다. 진짜 교
섭 상대를 기다리는 것이다.

그때 오크들이 좌우로 갈라서며 신장이 거대한 오크가
모습을 드러냈다.

'드디어 나타나셨군.'

엘프도 예의를 갖추듯이 모피의 단추를 여미고 자세도
새삼 고치는 등, 그 거신의 오크를 맞이할 준비를 마쳤다.

엘프는 그가 지척에 다가오길 기다렸다가 입술을 뗐다.

"우리 주 락리마의 전사이자 얼지 않는 피의 족장이시며 북방의 전사들을 지배하는 왕이시자 위대한 고룡의 후예이신 하자크 님을 뵙습니다."

하자크는 엘프의 인사를 받지 않았다. 그의 시선은 아네모스의 정수리 위를 지나쳐 멀리 보이는 풍경으로 향해 있었다.

언 바다를 뚫고 온 엘프의 함선이 정박해 있었으며 함선 앞에는 검을 쓰는 엘프들이 군진을 이루고 있었다.

"여왕은 아니 오셨구나."

하자크의 목소리가 엘프의 정수리를 짓누르듯이 흘러나왔다.

"대신 그분의 입으로 저를 보내셨습니다. 아네모스입니다."

엘프, 아네모스는 지금껏 마주해 왔던 오크들에게 보였던 것과는 달리 공손한 태도로 대답했다. 진짜 교섭이 시작된 이상 혹독한 추위만큼의 살얼음판이 펼쳐진 것이었다.

교섭이 틀어지면 이족의 전사들은 도리어 엘슬란드를 공격해 올 수 있었다.

"나는 너희들에게 두 가지 제안을 하였다. 성전의 탑을 보낼 것. 그리할 수 없다면 엘슬란드로 가는 길을 열어 줄 것. 그런데 너희들의 여왕은 무엇도 수용하지 않는구나.

머지않아 어둠의 마왕은 여기까지 당도할 것이다. 바다를 경계로 엘슬란드를 목전에 두게 되는 것이다. 하나 묻노라.

성 카시안께서 이르시길 엘슬란드를 무엇이라 하였는가?"

"우리 주의 보금자리라 하셨습니다."

"그래서 나는 우리 주의 보금자리를 지키기 위해 그러한 제안을 했던 것이다. 하지만 너희들의 여왕은 그 무엇도 수용하지 않고 있으니 남은 방법이 없는 것이다. 강제로 길을 열 수밖에."

"마왕이 두려우신 겁니까? 주의 전사들도 두려움을 느끼는 겁니까?"

아네모스는 오크들을 자극하는 언사로 포문을 열었다.

"외람되지만 제가 들어왔던 위대한 전사들의 성정과는 너무나 다릅니다. 이를 확실히 해 주신다면 여왕 폐하께 사정을 다시 전해 드릴 수 있을 것 같습니다."

아네모스를 노려보고 있던 오크들의 눈에서 뻘건 빛들이 출렁였다.

그때도 하자크는 일말의 동요 없이 대꾸했다.

"마왕이 우리 주의 보금자리를 침공할 날이 두렵다."

"역시 그렇군요. 왕께서도 '죽은 자들의 마왕'이 최후를 맞이했던 자리에 함께하셨던 것으로 알고 있습니다. 두려움은 놓으십시오, 왕이시여. 엘슬란드는 난공불락입니다. 해서 우리 주의 강인한 전사들께 드릴 말씀이 있습니다."

그러나 하자크는 아네모스의 말을 무시하고 뒤로 고개를 돌렸다.

거기에선 핏물로 찌든 붕대를 눈가에 칭칭 동여맨 늙은 오크가 지팡이로 땅을 짚으며 걸어 나오고 있었다.

아네모스의 시선도 늙은 오크로 향했다. 그리곤 곧 이족(異族)의 노인이 얼지 않는 피 부족의 고위 주술사임을 눈치챘다.

늙은 오크는 한 걸음 한 걸음 걷는 게 힘들어 보였으나 주위의 누구도 그를 부축하지 않았다.

한눈에 보기에도 늙은 오크가 의존하고 있는 지팡이는 범상치 않았다. 게다가 늙은 오크의 목에 걸린 뼈 목걸이에서도 온갖 망령(亡靈)들의 음산한 느낌이 흘러나오고 있었다.

그제야 아네모스는 늙은 오크의 정체를 제대로 깨달았다.

'설마…… 주술사 툰이신가?'

여러 부족들로 흩어져 있는 이족 오크지만, 주술사들만큼은 대대로 그들의 세계에서 단 한 명만 최고위 주술사로 선별해 왔었다.

백 년에 걸쳐 한 번씩. 살아 있는 주술사들의 영혼이 한 자리에 모이는 그들만의 축제 중에서.

그렇게 툰이라는 이름은 세대를 거듭해 계속 이어져 왔었다.

'툰께서 언제 하자크에게 붙었지? 그렇다면 더 잘된 일이다. 이런 횡재가!'

그때 툰에게 보인 아네모스의 경의는 처음 하자크에게 향했던 것보다 컸다.

아네모스가 숙였던 고개를 들었다. 그러고 나자 툰의 눈가를 동여맨 붕대가 계속 피로 물들고 있는 광경이 좀 더 뚜렷하게 느껴졌다.

그런데 잃은 건 눈뿐만이 아니었던 걸까?

북방의 전사들을 통합한 왕이라고 해도 툰의 권위를 대신할 순 없는 것이었는데, 툰은 아무 말 없고 하자크만 입을 여는 것이었다.

"툰께선 성 카시안의 예언을 확인하셔야만 했다."

그제야 아네모스는 얼지 않는 피 부족과의 접선지에 도착한 이래 어느 주술사도 보지 못했다는 사실을 깨달았다.

주술사를 영혼의 안내자처럼 섬기는 이족 오크들의 문화에 따르면 있을 수 없는 일이다.

아네모스가 다시 사방을 훑어봐도 상처 입은 늙은 주술

사를 제외하고는 단 한 명도 보이지 않았다. 정황상 생각나는 건 하나였다.

툰을 비롯해 얼지 않는 피 부족의 모든 주술사들이 그네들의 영혼을 불러내 마왕의 동태를 확인하려 했다가, 결국 몰살당했다는 것밖에는…….

'다 죽었구나.'

그때.

주술사 툰이 빳빳한 종이를 품 안에서 끄집어냈다. 그것은 강력한 보존 마법이 걸린 성 카시안의 기록서 중 한 장이었다.

아네모스는 그것을 넘겨받았다. 그렇지 않아도 툰의 정체를 깨달은 후부터 흔들리고 있던 아네모스의 동공이 그때 더욱 확장되었다.

"이건……."

성물의 위치나 옛 성전의 역사를 담은 부분이 아니었다.

예언을 담은 일부분이었고, 이족 오크들의 땅이 단 한 명이 몰고 올 어둠에 의해 잠식될 거라는 문구가 너무나 뚜렷했다.

아네모스는 이성을 빠르게 되찾아야만 했다. 예언은 반드시 실현되고야 만다. 궁정에서는 이족의 전사들이 어떻게든 성과를 내 주길 바라겠지만, 그들의 패배는 예정된 것이다.

여왕의 지시도, 궁정 회의도 모두 작금의 상황을 반영하지 못했다.

아네모스는 생각을 정리한 뒤에 입술을 열었다.

"성 카시안의 말씀을 지참할 수 있도록 허락해 주신다면 궁정에 돌아가는 즉시 여왕 폐하를 뵙겠습니다. 길을 열도록 노력해 보겠습니다. 하지만."

"하지만 무엇이 더 남았지?"

"주의 모든 전사들을 이주시킬 계획이시라면 어려울 것 같습니다."

"거기에는 이견이 없다. 우리 동족들은 장렬히 싸우며 사명을 다할 것이다."

"그렇다면 툰께 부탁드릴 일이 있습니다."

늙은 오크의 고개가 느릿하게 움직였다.

—말해 보거라, 엘슬란드에서 온 이족의 아이야.

뇌리를 파고드는 섬뜩한 음성에 아네모스는 긴장했다. 극심한 상처가 묻어나는 음성이었어도, 툰은 역시 툰이란 말인가?

아네모스는 여기에 온 본목적을 알릴 때라고 생각했다.

"교단에서는 다른 전사들이 계시는 부족들에게도 퇴로

를 열어 드릴 수는 있습니다. 그러나 안타깝게도 우리 엘 슬란드로는 아니며 모든 부족들에게 해당되는 것도 아닙니다."

처음에 선택을 받은 이족의 부족은 북방을 통일시킨 '얼 지 않는 피' 부족이었다.

그러나 주술사들의 왕 툰과 북방 전사들의 왕 하자크가 하나의 공동체로 엮여 있을 뿐만 아니라 성 카시안의 예언 까지 확인된 마당에서는.

아무리 궁정 회의의 결과물이고 여왕의 지시라고 해도 수정은 불가피하다.

어쨌거나 현장에 온 당사자는 바로 자신 아닌가?

―말이 길구나. 크으으윽…….

"그럼 단도직입적으로 말씀드리겠습니다. 마왕의 한 제 사장이 있습니다. 마왕의 세계를 주관하고 있는 자이자 마 왕에게서 가장 큰 신임을 받는 마물입니다."

이후로 아네모스는 피차 오해가 없도록 설명을 보탰다.

교단의 최고 성물 소울링을 지참시키면서까지 그 세계로 원정대를 보낼 수밖에 없었던 이유를 시작으로, 설명은 꽤 길어졌다.

이윽고 툰의 고개가 끄덕여졌다.

―퇴로라 말해 놓고 전장을 소개하는구나. 으으으……
윽. 그래서 더 마음에 든다, 아이야. 우리 동족들은 기꺼이
반길 것이다.

그제야 아네모스는 한결 마음을 놓을 수 있었다.

"툰께서 일러 주시는 부족들은 마왕의 세계에서 성전을
치를 것입니다."

교섭은 성공적이었다.

오크들이 민족 대이동이라는 말이 무색할 정도로 마왕에
게서 도망쳐 바다를 건너올 경우를 막았을 뿐만 아니라, 새
로이 받아들인 오크들은 앞으로 자신을 포함한 궁정의 귀
족들에게도 힘이 되어 줄 것이다.

자연히 여왕의 기세는 한풀 꺾일 것이고.

＊　　　＊　　　＊

조나단의 노트북에선 녹음된 올리비아의 목소리가 흘러
나오고 있었다.

악을 다해 소드 익스퍼트 초급의 기사를 제거하는 데 성

공한 어느 231레벨의 골드는 246레벨로 광렙해서 단번에 플래티넘 구간으로 도약했다고 한다.

　겨우 다이아 구간에 이름을 올리고 있던 321레벨의 어느 각성자 같은 경우에는 같은 수준으로 취급되는 소드 익스퍼트 중급의 기사를 제거해서 328레벨을 한 번에 달성했다고 한다.

　　"제 경우도 같았습니다. 제가 처치한 이계 종(種)은 소드 익스퍼트 상급의 실력자였습니다. 단독으로 수행하고 있는 전투였으며 그때 들어온 경험치가 49만으로, 1 레벨 업하여 비로소 첼린저 구간에 진입할 수 있었습니다.

　　동급 수준이라 할 만한 것들로 비교해 봤을 때, 이것만은 확실합니다. 시작의 장에서 얻을 수 있었던 경험치보다 무척 큽니다.

　　현재 칼리버 군단은 사령부의 특혜로 동부를 전담하고 있으며 그곳의 승전보가 제 귀에도 들려오고 있는 실정입니다.

　　주인님……."

무슨 말을 하려는지 알 것 같았다. 그러나 올리비아는 차마 그 말을 내뱉지 못하고선 이렇게만 녹음을 마쳤다.

"다시 보고드리겠습니다."

마스터 구간에서도 그렇지만 특히나 첼린저 구간부터는 1렙을 위해서 확보해야 하는 경험치 양이 실로 굉장하다.

그럼에도 불구하고 군단을 이끌고 파죽지세로 진격해 나가고 있는 칼리버나 그 바로 아래의 헤라를 생각해 보면?

그것들이 지금도 얼마나 많은 적의 목을 베며 경험치를 빨아들이고 있을지는 눈에 선한 일이었다.

게다가 이태한까지 협회의 중요 업무들을 민간인들에게 이관한 직후 부랴부랴 이계로 진입했다지 않는가.

또다시 경쟁의 시대가 도래한 것이다.

있는 힘껏 쥐어진 조나단의 주먹은 한참 동안 부르르 떨렸다.

모두가 성장이 멈춰 있는 상태에선 문제될 게 없었다. 그러나 아랫것들이 빠른 속도로 성장해 나간다면 최악의 상황을 가정해 보지 않을 수가 없는 것이었다.

썬의 죽음. 오시리스의 배신. 마리의 이탈. 그리고 전장으로 변한 본토.

힘의 정점에 선 자도 기존의 질서에 도전해 올 것이다.

그때가 되면 본토가 멸망하는 날까지 누가 전장을 이끌 것인가?

하지만 조나단의 주먹에 실려 있던 힘은 서서히 풀어졌다.

'이 자리를 떠날 수는 없다. 썬이 내게 맡긴 것이다.'

자신 외에는 누구도 이 자리를 대신할 수 없는 게 문제였다.

그러니 기대할 것이라곤 하나뿐이었다.

이계에서 큰 전쟁이 터지기 전부터 멎어 버린 습격이 다시 시작되기를. 끊임없이 정탐하고 돌아가길 반복했던 엘프 종이 다시 나타나기를.

하지만 그것도 본토에 남겨진 각성자가 거의 전무하다시피 한 상황에서는 위험하기 짝이 없는 일인 것이다.

매번 정탐해 오던 엘프는 강력한 놈이었으니까. 만에 하나 그놈이 본토로 풀려난다면 썬의 질서는 흔들리기 시작할 것이다.

그날 밤에도 조나단은 습격이 다시 시작되길 기대하는 마음과 그러지 않았으면 하는 모순된 마음에 시달리고 있었다.

그렇게 그날 밤이었다.

'왔다.'

아지트를 봉쇄하는 푸른 빛의 기운이 벽면을 따라 일렁였다.

그런데 뭔가 이상했다. 강력한 기운이 출몰한 것은 틀림
없는데, 뒤따라 난입해 오는 수가 걷잡을 수 없이 늘어나기
시작했다.

그르렁거리는 오크 종(種) 특유의 숨소리도 아지트 전반
을 채워 나간다.

습격의 형태가 지금까지와는 달랐다. 습격해 오는 종도
달랐다.

[개안을 시전 하였습니다.]

조나단은 붉은 눈을 뜨면서 복도 밖으로 나갔다. 거기의
어둠 속에선 동일한 붉은 눈들이 무수히 많은 별처럼 박혀
그를 기다리고 있었다.

그때까지만 해도 조나단은 차마 예상하지 못했다.

이 습격은 단지 시작에 불과했었다는 것을.

〈다음 권에 계속〉